COUP DE FORCE A MOSCOU

SÉRIE LE MERCENAIRE

N° 1 ŒIL POUR ŒIL
N° 2 SANG ET MORT AU GUATEMALA
N° 3 LE COMMANDO DU IVe REICH
N° 4 PISTE SANGLANTE
N° 5 L'ULTIMATUM
N° 6 RAID SUR L'AFGHANISTAN
N° 7 LA LOI DU SILENCE
N° 8 LE CONTRAT DE LA TERREUR
N° 9 LES TUEURS DU RIO NEGRO
N° 10 TERMINUS HONG-KONG

AXEL KILGORE

LE MERCENAIRE

COUP DE FORCE A MOSCOU

TRADUIT ET ADAPTÉ
DE L'AMÉRICAIN
PAR RENÉ BALDY

PLON

Titre original :
Siberian Alternative

Photo de la couverture : Serge Jacques

ISBN : 2-259-01380-5
ISSN : 0295-7124
Édition originale :
ISBN : 0-8217-1194-6
ZEBRA BOOKS
Kensington Publishing Corp

CHAPITRE PREMIER

Tout en surveillant la route qui scintillait dans la trouée des phares, Philip Cooper se permettait des regards intermittents vers sa passagère. Alanguie, la tête renversée en arrière, Joan soufflait de petits nuages de fumée vers le plafond de la vieille Buick Roadmaster. Ses doigts fins portaient la Marlboro à sa bouche avec des gestes d'une grâce exquise. Ses lèvres se refermaient avec sensualité sur le filtre de la cigarette. Les boucles dorées de Joan, ses seins ronds comme de petits melons sous le T-shirt blanc, ses yeux verts qui brillaient dans la lueur mauve des lampadaires... Les yeux bleus de Philip se mirent aussi à briller. Il leva le pied, braqua à gauche, coupant la route déserte, et s'engagea dans un petit parking en bordure de la plage de Malibu.

Il éteignit les phares, coupa le contact et se tourna vers Joan en souriant :

— Terminus.

La fille écrasa sa cigarette et tendit le bras pour caresser la joue de Philip.

— On va faire un tour au bord de l'eau ?

C'était exactement ce que le garçon s'apprêtait à proposer.

Les deux jeunes gens se déchaussèrent et, main dans la main, descendirent sur la plage, prenant plaisir à sentir le sable frais et légèrement humide crisser sous leurs pieds.

La Voie Lactée étalait sa poussière de diamant d'un bout à l'autre de la voûte céleste. Le firmament était un vaste chapiteau bleu roi tendu au-dessus du Pacifique. Gros bonbon acidulé flottant dans une mer d'étoiles, une lune toute ronde leur souriait comme dans un film de Walt Disney. Une nuit superbe. Une nuit faite pour les amoureux.

Philip et Joan avaient disparu depuis un quart d'heure lorsque les phares d'un taxi jaune illuminèrent les chromes massifs de la vieille Buick.

— Je vous attend, Monsieur ? demanda le chauffeur ?

Le passager était un grand homme sec d'une soixantaine d'années avec de petites lunettes rondes, des tempes blanches et un crâne dégarni. Il répondit dans un anglais marqué par un fort accent slave :

— Non. J'ai rendez-vous avec des amis qui possèdent une maison ici. Je vais les surprendre en arrivant par la plage.

Aleksandr Pidzovski empoigna une serviette de cuir posée près de lui sur la banquette et sortit du taxi. Il s'approcha de la portière avant et tendit quelques billets au chauffeur.

— Gardez tout.

L'homme prit l'argent, remercia et repartit aussitôt en direction de Los Angeles.

Pidzovski s'arrêta un instant pour examiner la grosse Buick. Bizarre. Cette voiture lui paraissait plutôt antique pour avoir amené les hommes du FBI qu'il devait rencontrer. Peut-être une astuce pour mieux passer inaperçus. Peut-être aussi se trompait-il. La spécialité d'Aleksandr Pidzovski n'était pas l'automobile mais la physiologie du système cérébro-spinal. Sa serviette à la main, il s'éloigna sous le ciel étoilé en direction de la plage.

*
**

A trois kilomètres de Malibu, deux hommes claquaient les portières d'une Dodge grise garée sur un promontoire rocheux qui dominait la plage. Malgré la douceur de la nuit californienne, John Brynes et Max Dekker portaient de grosses gabardines à épaulettes. Tous deux avaient une carrure d'athlète. D'un pas souple, ils s'engagèrent dans un raidillon qui descendait vers l'océan.

— Même pas minuit, observa Dekker en consultant sa montre. Ça nous fait plus d'un quart d'heure à poireauter.

— C'est le temps que j'ai prévu pour déblayer le terrain, dit Brynes. Il faut qu'on soit seuls quand le vieux se pointera.

Pas un bruit ne troublait le calme de la nuit, excepté le passage occasionnel d'un véhicule sur la route, le chant lointain des grillons et le friselis des vagues qui léchaient tendrement la plage.

— Tu vois bien qu'il n'y a pas un chat, grogna Dekker en désignant la sombre étendue de sable et de rocaille.

Brynes sortit une grosse lampe-torche de sa poche et ricana :

— Tu vas voir.

D'un geste, il indiqua à son compagnon de le suivre silencieusement et il se dirigea vers un gros rocher. En approchant, les deux hommes entendirent des gémissements.

— Qu'est-ce que c'est que ça ? murmura Dekker.

Plaçant l'index sur ses lèvres, Brynes lui fit signe de se taire. Il bondit vivement derrière le rocher et alluma sa torche.

— Faites chier, merde ! hurla une voix masculine.

Un jeune homme nu se leva, menaçant, dans la lumière blanche de la torche. Il fit un pas en avant et aboya :

— Foutez le camp, nom de Dieu !

A ses pieds, une fille, aussi nue que lui, s'était recroquevillée, bras croisés pour essayer de cacher sa poitrine blanche rebondie.

— Ce Don Juan manque d'éducation, ironisa Dekker.

— Ouais, gloussa Brynes, si je n'étais pas conscient des problèmes démographiques que connaît le pays, je lui enfoncerais les roubignolles dans l'os à coups de talon.

— Qu'est-ce que vous cherchez ? lança le garçon. La cogne ? A deux contre un... Ah, c'est fort ça...

Brynes le vit s'adosser au rocher et se saisir discrètement d'une grosse pierre. Le jeu avait assez duré. Il exhiba sa carte du FBI.

— Police.

— Putains de flics ! cracha le garçon. Pouvez pas aller vous occuper des camés ou des types qui dévalisent les banques au lieu de nous emmerder ?

Oubliant sa pudeur, la fille se leva et lui prit le bras pour le calmer. Il reposa la pierre sur le rocher. Elle regarda Brynes en souriant.

— C'est vrai, quoi, M'sieur l'Agent, on ne fait rien de mal...

Brynes l'examina, une lueur narquoise au fond des yeux, puis commenta :

— Toi, ma pouliche, si tu es majeure, ça ne doit pas faire bien longtemps.

Il la vit pâlir dans le faisceau de la torche.

— Allez ouste ! ordonna-t-il, déguerpissez avant que je ne vous attrape par les oreilles pour vous ramener à vos parents !

Les deux jeunes ne se le firent pas dire deux fois. Raflant leurs vêtements éparpillés sur le sol, ils filèrent sans même prendre le temps de se rhabiller.

Les policiers éclatèrent de rire et se dirigèrent vers d'autres rochers. En moins de dix minutes, ils délogèrent une quinzaine de squatters, de pochards et d'amoureux à divers stades de leurs ébats.

— Bon Dieu ! murmura Dekker, ahuri. Je n'aurais jamais cru que le bord de mer était aussi peuplé la nuit !

— Hé ouais, plaisanta Brynes, les lieux déserts se font de plus en plus rares...

Il consulta sa montre et ajouta :

— Minuit douze. Pidzovski ne devrait pas tarder. Allons nous planquer pour l'attendre.

Les deux hommes du FBI allèrent s'accroupir

derrière le gros rocher libéré par le couple d'amoureux.

***

Aleksandr Pidzovski consulta le cadran lumineux de sa Bulova. Il était arrivé en avance. Même s'ils étaient déjà là, les deux hommes du FBI ne se manifesteraient probablement pas avant minuit quinze, heure prévue pour le rendez-vous.

De luxueuses maisons se dressaient en bordure de plage. Toutes étaient sombres et paraissaient inoccupées. Pidzovski savait qu'il s'agissait de résidences secondaires appartenant à de riches industriels ou à des célébrités de Hollywood. Il alla s'asseoir sous les énormes structures de bois qui soutenaient une terrasse et posa sa serviette sur ses genoux.

Sa précieuse serviette, première moitié du cadeau qu'il allait faire aux Américains. Car, aujourd'hui, ceux qui voulaient passer à l'Ouest avaient intérêt à mettre de sérieux renseignements dans la balance. Surtout depuis les curieux revirements des derniers transfuges du KGB.

A l'approche du grand saut, le savant soviétique sentait une excitation très spéciale monter en lui, une excitation comme il n'en avait jamais connue auparavant. Il se concentra pour se forcer à retrouver son calme. Comme beaucoup de scientifiques, Pidzovski avait un côté rêveur, farfelu, hors de la réalité. Mais, globalement, c'était un homme pondéré. Le talent et l'inspiration ne suffisaient pas pour hisser un homme au niveau de compétence et de reconnaissance internationale d'Aleksandr Pidzovski. Il fallait également beaucoup de discernement, de circonspection et de maîtrise de soi-même. Bientôt, le grand homme sec se sentit tout serein ; il n'avait aucune raison de ne pas l'être. La nuit était douce et belle, et il n'avait rien remarqué de suspect. Ce qui allait se passer dans quelques minutes n'était, au fond, que l'aboutissement d'une décision prise deux ans plus tôt et il avait largement eu le temps de s'habituer à l'idée d'un changement radical de vie.

Aleksandr Pidzovski participait à un colloque sur le thalamus et l'hypothalamus à l'Université de Chicago lorsqu'il avait reçu une invitation inattendue pour donner une conférence à l'UCLA. Sans hésiter, il avait rassemblé ses documents et sauté dans le premier avion.

Arrivé en Californie, il avait pris contact avec le bureau local du FBI et demandé l'asile politique en échange de révélations fracassantes sur ses derniers travaux. Pidzovski, naturellement, n'avait donné que des bribes d'information mais il en avait assez dit pour passionner ses interlocuteurs.

Il participait souvent à des réunions de scientifiques en Amérique et en Europe occidentale. Jamais les autorités de son pays n'avaient eu le moindre motif de se méfier de lui et Pidzovski y avait gagné une grande liberté de mouvement. Il n'était pas de ces savants qui ne peuvent faire un pas sans être flanqués par deux ou trois pseudo-assistants musclés collés à leurs basques pour les surveiller.

Sa belle sérénité aurait certainement fondu comme neige au soleil s'il avait pu voir les deux hommes du KGB tapis un peu plus loin dans les fondations d'une autre maison de la plage. Mais, même s'il avait tourné la tête dans leur direction, il aurait été incapable de les voir ; d'abord, parce que Piotr Grassoutov et Ivan Krassolniki étaient très bien cachés, ensuite, parce que, malgré ses petites lunettes rondes, Pidzovski était myope comme une taupe.

Krassolniki reposa ses jumelles à amplificateur de lumière et se tourna vers son compagnon, un petit homme râblé au crâne couvert d'une brosse de quelques millimètres.

— Il s'est assis et il attend, tu ne trouves pas ça bizarre ?

Piotr ouvrit une mallette contenant un AK-47

démonté et commença à assembler les pièces du fusil d'assaut avant de répondre :
Ouais, Ivan. A leur place j'aurais choisi un endroit complètement bondé. C'est ce qu'il y a de mieux pour une rencontre discrète. Même si on se fait repérer, les gars d'en face ne peuvent pas intervenir en plein dans la foule sans risquer de faire un fameux scandale.

— Il y a aussi la formule inverse, opina Ivan, celle de l'endroit complètement désert. Si tu te fais repérer et que ça chie, tu peux riposter. Mais ici, c'est juste la solution bâtarde. Il n'y a pas un chat sur la plage mais le bord de route est bourré de maisons.

— Bah, grogna Piotr, les capitalistes ont parfois des idées bizarres...

— Ou alors, reprit Ivan, pensif. Ou alors...

— Quoi ?

— Ou alors, il s'est gouré d'endroit.

— Quoi ! fit Piotr, médusé.

Ivan laissa échapper un petit ricanement.

— C'est Grigori qui m'a raconté ça. Pidzovski est superdoué côté matière grise mais pour ce qui est de la topographie, il est carrément zéro. Un jour, il était chargé de lui filer le train à partir de Berne. Pidzovski avait loué une voiture pour aller à une réunion à Fribourg. Il a pris la direction de Lucerne.

— Non ?

— Ma parole, assura Ivan. Vladimir était avec Grigori. Tu pourras lui demander, si tu veux. Le vieux avait déjà passé l'Emme quand il s'est arrêté pour demander sa route. Grigori et Vladimir étaient sûrs qu'il préparait un coup fourré. Ils allaient se montrer quand pépé Pidzovski a paisiblement fait demi-tour. Il est arrivé à Fribourg avec une bonne heure de retard.

— Incroyable ! murmura son compagnon. Les grosses têtes sont parfois de sacrés planeurs.

Il fit claquer la culasse de l'arme, qu'il avait achevé de monter.

— Silence ! lui intima Ivan. Et n'oublie pas les ordres ! Tu ne tires qu'en cas d'absolue nécessité !

Piotr haussa les épaules avec agacement.

— Nécessité... Nécessité... Je ne tire que pour faire mouche, ouais. La voilà ma définition de la nécessité.

— Tu ne tires que si je te le dis. Un point, c'est tout !

Le petit homme au crâne rasé répondit par un borborygme puis il enclencha un chargeur dans l'AK-47 et demanda :

— Et cette voiture, là-haut ? Tu crois qu'elle est à qui ?

— Sais pas. Peut-être un tacot en panne.

Peut-être qu'elle appartient au propriétaire d'une maison.

Piotr consulta sa montre.

— Minuit dix-sept.

Ivan reprit ses jumelles.

— On dirait que le tovaritch Pidzovski commence à s'impatienter. J'ai dans l'idée qu'il va bientôt y avoir du nouveau. Hé ! Piotr ! Voilà du monde qui vient !

— J'ai vu, grogna le petit homme d'une voix cruelle. Celui de gauche est déjà bien cadré dans le viseur du camarade Piotr Grassoutov.

— T'excite pas, camarade Piotr Grassoutov, gronda Ivan Krassolniki. Ces deux-là ne ressemblent pas tout à fait à des flics. C'est un garçon et une fille d'une vingtaine d'années.

— Tu parles... C'est pour mieux tromper le monde, ouais.

— Du calme, j'ai dit !

Deux silhouettes floues approchaient en découpe sur le sable clair. Aleksandr Pidzovski prit sa serviette et se leva. Ah, ces Américains... Même les hommes du FBI étaient en retard pour une occasion pareille. Car aucun doute dans l'esprit du savant, c'étaient ses contacts qui arrivaient en longeant la mer. Il descendit vers eux et agita le bras.

— Bon Dieu ! murmura Krassolniki. Il s'avance à leur rencontre !

— Tu vois bien, fit Piotr.

— Qu'est-ce qu'il nous veut, ce type ? demanda Joan, inquiète.

— Je ne sais pas, répondit Philip. On dirait qu'il a un problème. Allons voir.

— Non. Fichons le camp. Je n'aime pas ça. J'ai peur.

Philip Cooper sourit.

— Allons, ma biche, ne sois pas stupide. Mais regarde-le ! Il a des cheveux blancs et le dôme luisant comme une boule de billard. Qu'est-ce que tu veux qu'il nous fasse ? Même s'il nous cherche des crosses, je suis capable de l'étaler sans lui laisser le temps de dire ouf.

D'un pas décidé, Philip s'avança vers le grand homme dégarni. Peu rassurée, Joan se laissa distancer. L'autre était à moins de dix mètres lorsqu'il s'arrêta, comme saisi de stupeur.

— Qu'est-ce qui vous arrive ? demanda Philip.

Il n'entendit pas la réponse, si réponse il y eut. Un cri claqua dans la nuit :

— *Tovaritch Pidzovski ! Stoï* (1) *!*

Philip et Joan tournèrent la tête en même temps que le Soviétique. A cinquante mètres, dans les fondations d'une maison, la silhouette sombre d'un homme venait de se dresser.

(1) Halte !

— *Vigi vres* (1) ! hurla Ivan Krassolniki.

Aleksandr Pidzovski hésita une fraction de seconde puis, coinçant sa sacoche sous son bras droit, s'élança sur la plage. Fuir. Ne pas se laisser prendre. Pas maintenant. L'idée lui était insupportable. Visiblement, ces deux jeunes n'étaient pas les hommes du FBI. Il s'en était aperçu trop tard. Mais peut-être pouvait-il encore s'en tirer. Gagner une maison. Alerter quelqu'un. Appeler la police. Il était prêt à tout pour ne pas tomber entre les mains du KGB.

— L'imbécile ! grogna Ivan. Il se tire. Il faut l'arrêter.

Pour Piotr Grassoutov, c'était l'ordre de faire feu. « Il faut l'arrêter. » Comment pouvait-il comprendre ces mots autrement ? Il épaula son fusil, mis le savant en joue et pressa la détente.

*
**

— Minuit dix-huit, dit Brynes. Pidzovski est à la bourre.

— Bon Dieu de bon Dieu ! grommela nerveusement Dekker. Pourvu qu'il n'ait pas eu de pépin.

— Espérons, pépère. Sans quoi, ça va être notre fête. Ou plutôt, la fête de Jeff...

(1) Haut les mains !

— Tu l'as dit. Quand un type comme Pidzovski appelle le Bureau pour expliquer qu'il veut passer à l'Ouest et propose en échange ses dernières découvertes sur la matière grise, il vaut mieux ne pas louper le coche.

— Et surtout, il vaut mieux avertir Washington. Jeff ne l'a pas fait, pensant qu'aussi sec on repasserait le coup à la CIA. Il a voulu tirer la couverture à lui et a tout préparé sans rien dire à personne. Si ça foire, ça va lui retomber sur la gueule en beauté.

— Ouais, il risque de le sentir passer ! A moins que... Si les autres ont remis la main sur Pidzovski, on n'aura qu'à la boucler et personne n'en saura rien. Ce ne sont pas les Popov qui vont aller le chanter sur les toits.

A cet instant un coup de feu claqua dans le lointain.

— Merde ! s'exclama Brynes. J'ai dans l'idée qu'il ne va pas être facile de garder l'affaire secrète.

— Joh... Johnny..., bredouilla Dekker. Tu crois que c'est...

— T'as du sable dans les portugaises, ou quoi ? Tu ne reconnais pas ce méchant aboiement ? Ça, mon pote, c'est un AK-47.

***

Le coup de feu tonna aux oreilles de Philip Cooper. Il vit le grand homme sec lâcher sa serviette et écarter les bras comme un crucifié. Il poussa un cri et s'élança vers lui. Instinctivement. Sans réfléchir. Il ne savait à quel élan il obéissait mais il fallait qu'il aille soutenir cet homme, l'empêcher de tomber. Derrière lui, il entendit le rugissement angoissé de Joan :

— Philip ! *Non !*

Il n'entendit pas le cri rageur d'Ivan Krassolniki :

— Imbécile ! Tu l'as descendu ! Arrête, Piotr !

Trop tard. Le canon noir de l'AK-47 avait pivoté de quelques centimètres sur la droite et l'index de Piotr Grassoutov s'était crispé sur la détente.

CHAPITRE II

Joan hurlait toujours :

— Non, Philip ! Non ! *Non !*

Ses grands yeux verts dilatés par la terreur, elle vit une horrible étoile rouge se former sur le T-shirt blanc lorsque le projectile ressortit dans le dos de Philip, laissant une plaie aux bords affreusement déchiquetés. Elle poussa un long cri d'animal au moment où Philip tombait, pratiquement dans les bras d'Aleksandr Pidzovski. Les deux cadavres s'immobilisèrent sur le sable mouillé. Folle de douleur, Joan se jeta sur le corps de Philip, le prit dans ses bras, le secoua dans une tentative dérisoire de lui redonner vie.

— Philip...

Mais les yeux bleus du garçon la fixaient, vides de toute expression, minéralisés à jamais. Elle éclata en sanglots spasmodiques.

— Espèce de cinglé ! pesta Ivan Krassolniki. Je te garantis que ça va te coûter cher !

— Mais, protesta Piotr, tu m'as dit de l'arrêter...

— Pas de le descendre, connard ! On ne descend pas une tête comme Pidzovski, même quand le type se met à faire des blagues !

La mort de Philip Cooper, en revanche, ne semblait pas le moins du monde affecter Krassolniki. Pas plus que la douleur de cette fille déchirée qui pleurait dans la nuit à cinquante mètres de la maison.

Des phares apparurent, en haut, sur la route. Puis un rugissement de moteur se fit entendre.

— Foutons le camp, décréta Ivan. Le coin va bientôt devenir malsain.

— Et la serviette ?

— Va la chercher. De toute façon, elle ne doit rien contenir de capital. Le vieil Aleksandr n'était pas idiot. Il n'a dû mettre dedans que de quoi les allécher. L'important est certainement planqué quelque part et il le leur aurait livré en échange d'engagements fermes. D'ailleurs, la camarade Mertzlota possède des doubles de tous ces documents.

— Mertzlota ?

— Nina Mertzlota, l'assistante de Pidzovski. Je ne suis pas près de te la présenter. Celle-là, on tient à la garder entière !

— Alors, on laisse la serviette ?

— Non. Va quand même la prendre. Moins il leur en reste, mieux ça vaut.

Joan entendit un bruit de course. Elle vit le petit homme tondu armé d'un fusil. Elle crut qu'il venait la tuer. Elle ne bougea pas. Elle n'eut même pas peur. Plus rien n'avait d'importance. Puis d'autres coups de feu claquèrent vers le bord de la route. Un cri retentit :

— Piotr ! *Idi siouda ! Buysstro* (1) *!*

Le petit homme fit demi-tour. Machinalement, Joan le suivit du regard. Il rejoignit l'ombre massive dans les poutres de la maison. Les deux individus filèrent dans les dunes en échangeant des coups de feu avec d'autres hommes. Quelques secondes plus tard, il y eut un bruit de moteur et des hurlements de pneus sur l'asphalte.

La vue brouillée par les larmes, Joan laissa sa tête retomber sur le corps de Philip. Elle sentait le sable dans sa bouche, le contact poisseux du sang sur sa joue... Le goût salé du sable... Le goût salé du sang. Le sang de Philip qui l'avait aimée tout à l'heure au bord de l'eau. A demi inconsciente, elle entendit encore des voix, des pas qui écrasaient le sable humide. Elle sentit

(1) Reviens ! Vite !

qu'on l'attrapait sous les bras, qu'on la soulevait puis elle s'évanouit.

***

— Mais ce n'est pas possible de voir des emplâtrés pareils ! rugit Greg DePaul en tétant sa pipe éteinte. Je croyais qu'on n'en fabriquait plus, des comme vous !

Assis sur une chaise de bois au fond de la salle, Hank Frost recentra le bandeau de cuir noir qui lui couvrait l'œil gauche. Puis il fouilla méthodiquement toutes les poches de son blouson de cuir, extirpant, dans l'ordre, un Zippo bosselé, un grand mouchoir à carreaux, une pincée de tabac qu'il émietta sur le lino du bureau du FBI, un trousseau de clefs, une paire de lunettes noires, un timbre poste, une pince à billets, garnie de billets, et, enfin, un paquet de Camel passablement froissé. Fourrant pêle-mêle dans ses poches tout ce qui ne lui était pas d'un usage immédiat, il se coinça entre les lèvres une cigarette tordue, l'alluma et souffla la fumée par les narines. Il posa le paquet de Camel et le briquet-tempête sur la table métallique mise à sa disposition par l'administration puis reporta son attention sur les quatre autres hommes présents.

— Quand on reçoit un appel d'un type

comme Pidzovski, disait DePaul, furieux, on ne le laisse pas moisir une demi-journée ! On avertit Washington qui vous donne l'ordre d'aller immédiatement cueillir le candidat à la liberté, où qu'il se trouve, en l'enlevant si besoin est ! On ne laisse pas aux autres le temps de repérer ses mouvements, de le prendre en filature et de le descendre !

— Mais, protesta Jeffrey Cummins, j'ai pensé qu'il fallait prendre des garanties. Etre sûr que...

— Etre sûr que Pidzovski vous passerait sous le nez ? C'est ça ? coupa DePaul.

Chef de la section locale du FBI, Jeffrey Cummins était un blondinet de trente-cinq ans, mince et tiré à quatre épingles dans un complet marine. Il était flanqué de deux gorilles en gabardine qu'on avait respectivement présentés à Frost sous les noms de John Brynes et de Max Dekker. D'emblée, Cummins lui avait déplu : le style bureaucrate bien mis, qui envoyait ses hommes au feu et essayait d'en tirer la gloire. Les deux autres lui avaient paru bornés et insignifiants. Quant à DePaul, grand brun, visage en lame de couteau, Frost le connaissait depuis longtemps. Il avait effectué plusieurs missions avec lui en tant qu'employé contractuel au service de la CIA. Si on avait demandé à Hank Frost ce qu'il pensait de Greg DePaul, il aurait très probablement répondu en levant le pouce : « Un type comme ça ! » DePaul avait le verbe haut, souvent coloré, mais il avait une tête à toute épreuve. A la connaissance de Frost, il avait toujours fait montre d'un courage exemplaire dans les coups durs et était d'une efficacité redoutable.

Mais, dans l'instant, l'efficacité semblait s'effilocher devant l'accès de mauvaise humeur. L'homme au bandeau noir qu'on surnommait le Mercenaire était là depuis près de vingt-cinq minutes et n'avait pas encore réussi à rassembler tous les renseignements nécessaires à la compréhension de la mission qu'on lui proposait. Au début, la scène de ménage entre la CIA et le FBI lui avait arraché quelques sourires. Maintenant, elle commençait à le fatiguer.

Il se leva et approcha de DePaul, debout devant Cummins, Brynes et Dekker. D'un geste détaché, il saisit la pipe que l'homme de la CIA mâchonnait depuis le début de la réunion et la posa sur une table. DePaul le regarda, sidéré.

— Qu'est-ce qui te prend ?

— Il me prend que ça me tape sur les nerfs de te voir téter ce truc éteint en permanence. Surtout que ça ne sert strictement à rien. Si tu as envie de fumer, fume ! Mais par pitié, arrête de siroter le jus noirâtre de cette bouffarde avariée.

DePaul sourit.

— On a ses nerfs, mec ?

— Ecoute, Greg, reprit le Mercenaire. Je me pointe ici parce que tu me l'as expressément demandé. J'ai fait le voyage depuis Atlanta, au cas où tu aurais oublié ! Et maintenant, j'aimerais bien qu'on en vienne aux faits. Après, vous pourrez reprendre vos chamailleries sans moi. Alors, de quoi s'agit-il ?

— D'une prise de contact particulièrement délicate, répondit DePaul.

— Ça..., grommela l'homme au bandeau noir. Si vous faites appel à un indépendant, je me doute qu'il y a du mouron à se faire. Qui dois-je contacter ?

— Nina Mertzlota.

— Un nom bien de chez nous, ça...

Fronçant les sourcils, Greg DePaul riva son regard brun sur la prunelle gris-vert de Frost.

— Bien sûr. Miss Mertzlota est née à Novgorod, capitale du Texas, comme chacun sait.

— *Miss* Mertzlota..., répéta Frost, rêveur. Comme d'habitude, tu me balances sur le râble une vieille fille avec une tête de singe, une bosse dans le dos et une verrue poilue au coin du nez ! Merci, Greg ! Je n'en attendais pas moins de toi.

DePaul ne répondit pas. Un petit sourire aux lèvres, il ouvrit un classeur vert et en sortit deux clichés en 20 × 27 qu'il tendit au Mercenaire. La prunelle unique de Frost s'arrondit. Le portrait était celui d'une fille jeune aux cheveux noirs et lisses, au visage fin, aux grands yeux bruns pétillants. Elle avait une ressemblance frappante avec Natalie Wood et dégageait la même impression de vivacité et de charme naturel. L'homme au bandeau noir ne put retenir un sifflement admiratif, puis il commenta :

— Dis donc, si l'académie ressemble à la frimousse, elle doit valoir le déplacement, ta Nina.

DePaul laissa échapper un petit rire.

— Pour l'académie, c'est carrément l'Academy Award, l'Oscar de la nana la plus bandante de l'année, avec des pleins et des déliés partout où il en faut. Je savais que cet aperçu visuel emporterait ta décision, vieil obsédé.

— Holà ! lança le Mercenaire. Je n'ai pas dit oui. Tu t'imagines que tu vas m'avoir en me balançant sous le nez les photos d'une belle poupée ? Erreur, mon pote ! Je commence à avoir l'habitude de tes pièges à cons.

Frost tira une longue bouffée de sa Camel et souffla la fumée au nez de DePaul qui, nerveusement, récupéra sa pipe vide pour se la coincer entre les dents.

— Ça ne sert à rien, Greg, insista le Mercenaire d'un ton sentencieux. Quand on veut arrêter de fumer, on arrête d'un coup. Le subterfuge de la pipe éteinte, peau de balle.

DePaul reposa sa pipe en haussant les épaules.

— Alors ? relança Frost. Qui c'est cette souris ?

— L'assistante d'Aleksandr Pidzovski.

— La vache ! s'exclama l'homme au bandeau noir. Plutôt jeunette pour occuper un poste pareil.

— Vingt-six ans, trois mois, dix-huit jours et... — DePaul consulta sa montre. — ... et sept heures. Qu'est-ce que tu veux... il y a des surdoués partout, même en URSS.

Frost opina du bonnet. Il tira une nouvelle bouffée de sa cigarette puis demanda :

— La serviette dont tu parlais tout à l'heure ne contenait rien d'intéressant ?

— Pas vraiment. Juste de quoi nous mettre l'eau à la bouche. Le père Pidzovski n'était pas né de la dernière pluie. Les tueurs n'ont rien perdu en se tirant sans emporter la serviette. Il n'y a que des informations à caractère général, là-dedans. Le reste est ailleurs. Mais où ? *That is the question.* C'est pour ça qu'on doit à tout prix mettre la main sur Nina Mertzlota. A l'heure actuelle, elle doit être la seule à connaître la suite du feuilleton.

— OK, fit le Mercenaire en écrasant sa Camel sur le lino sous l'œil scandalisé de Cummins. Et cette découverte consiste en quoi ?

DePaul se tourna vers les trois hommes du FBI comme s'il s'apprêtait à les flanquer à la porte. Il eut un haussement d'épaules et se ravisa, déclarant :

— De toute façon, ils sont au courant. Pidzovski avait annoncé la couleur au téléphone. En réalité, il ne s'agit pas vraiment d'une découverte fondamentale mais de la mise au point d'une technique opératoire concernant certaines interventions sur le système cérébro-spinal.

L'homme au bandeau noir regagna sa chaise et s'assit, jambes croisées.

— Je suis tout ouïe, annonça-t-il en triturant sa grosse moustache brune.

DePaul jeta un regard de convoitise vers sa pipe puis se résigna à la laisser où elle était, prit une profonde inspiration et attaqua :

— Tu sais que, sur certains points, la médecine soviétique est très en avance, notamment sur tout ce qui touche au cerveau et la moelle épinière.

— Maintenant, je le sais, ricana Frost.

Greg DePaul poursuivit comme s'il n'avait rien entendu :

— Pidzovski et son assistante ont, en quelques années, réalisé des prouesses mondialement reconnues en matière d'extraction et de réduction de tumeurs au cerveau. Ils ont mis au point un matériel chirurgical et des techniques d'intervention révolutionnaires en la matière.

— En la matière grise..., compléta le Mercenaire.

— Très drôle, grinça DePaul.

— Qu'est-ce que tu veux..., ricana Frost, si je suis appelé à prendre contact avec l'une des plus grandes cerveaulogues du monde, il faut bien que je fasse travailler mes neurones pour être à la hauteur.

— On peut continuer, ouais? gronda l'homme de la CIA.

Frost sourit et alluma une autre Camel.

— Pidzovski a dû mettre le reste des documents en lieu sûr, enchaîna DePaul. Probablement quelque part en Suisse; il y allait très souvent. Il est possible aussi qu'il y ait des doubles en Union Soviétique, mais là...

— Comme tu dis, approuva le Mercenaire en soufflant sa fumée vers le plafond. Qu'est-ce que tu me proposes? Un billet pour Moscou ou pour Dniepropetrovsk?

— Pour Chicago, tout bêtement, répondit

Greg DePaul. Nina Mertzlota se trouve là-bas pour un colloque international.

— Je vois, dit le Mercenaire. Si quelqu'un connaît la cachette, ça ne peut être que la pin-up de Novgorod. Mais qu'est-ce qui te fait penser qu'elle accepterait de me livrer les renseignements simplement sur ma bonne mine ?

— Plusieurs éléments, affirma DePaul. Primo, elle avait des rapports très privilégiés avec Aleksandr Pidzovski…

— Une fille de cette classe ? coupa le Mercenaire, étonné. Elle s'envoyait en l'air avec ce vieux barbon ?

DePaul haussa les épaules, de plus en plus agacé.

— Merde, mais tu ne penses qu'à ça, ma parole !

— Oh… pas exclusivement, murmura Frost. Mais, pour être honnête, j'avoue que j'y pense beaucoup, oui.

Il vit un petit muscle se mettre à palpiter sur la mâchoire de Greg DePaul et jugea bon de s'en tenir là pour la plaisanterie.

— Trêve de rigolade, grommela l'homme de la CIA, visiblement pas amusé du tout. Pidzovski considérait un peu Nina Mertzlota comme sa fille spirituelle. Il avait beaucoup d'affection pour elle et il semble qu'elle aussi aimait bien son patron. Quand elle apprendra qu'il est mort, ça risque de lui faire un coup. Un coup qui pourrait lui faire prendre le KGB en grippe et, par voie de conséquence, la mettre dans de bonnes dispositions à notre égard.

— OK, dit Frost en tapotant sa cigarette au-dessus du sol.

— Par ailleurs, enchaîna DePaul, si Pidzovski avait l'intention de demander l'asile politique chez nous, tout donne à penser qu'elle était au courant.

— Et qu'elle ne partageait pas son point de vue, objecta le Mercenaire. Sinon, elle l'aurait suivi ici.

— Tu sais, fit DePaul, les scientifiques sont souvent très... très polars, comme on dit. Nina Mertzlotta avait des moyens considérables en Union Soviétique pour faire le travail qui la passionnait. Il est probable qu'elle n'avait pas envie de prendre les risques d'un passage à l'Ouest, voilà tout. Mais il y a autre chose...

— J'écoute, relança le Mercenaire en tirant sur sa Camel.

— Il y a des années que Pidzovski n'était plus surveillé. A la longue, les camarades Popov avaient fini par lui faire confiance. Pourquoi ont-ils brusquement décidé de lui filer le train jusqu'à Los Angeles ?

— Nina Mertzlota ?

— Aucune hypothèse n'est à exclure.

— Dans ce cas, grommela Frost, ça veut dire qu'elle a choisi son camp. Ça aurait plutôt tendance à compliquer l'affaire.

— Pas du tout, déclara DePaul. Nina Mertzlota est la fille apolitique par excellence. C'est une des seules choses absolument sûres qu'on connaisse sur son compte. On sait aussi qu'elle a eu une brève liaison avec un certain Grigori Pradovsk, membre de l'ambassade d'URSS à Washington...

— Oh, la vilaine ! s'exclama Frost, une lueur ironique au fond de l'œil.

Il écrasa sa Camel sur le lino puis reporta son regard sur DePaul qui poursuivait :

— Grigori Pradovsk, membre de l'ambassade d'URSS *et* du KGB !

— Nom de Dieu ! fit l'homme au bandeau noir. Tu crois qu'elle lui aurait fait des confidences sur l'oreiller ?

DePaul sourit, conscient de ne pas avoir raté son effet.

— Tout est possible. Les scientifiques ont des cervelles mieux garnies que le coffre-fort de Rockefeller mais ils sont parfois capables d'une incroyable naïveté. L'histoire fourmille d'exemples à cet égard.

— Merci pour le cours, grommela Frost, pensif. Dis donc, ajouta-t-il après un court silence, la petite mère Nina doit se sentir coupable tout plein si elle sait que Pidzovski est mort à cause de ses indiscrétions.

DePaul se dérida pour la deuxième fois.

— Ce sera certainement ton meilleur atout. Pour le moment, elle ne sait rien. A toi d'aller lui annoncer la bombe et de recueillir les fruits.

Frost se raidit.

— Hé ! Je n'ai pas dit que je marchais ! C'est quand même un sale truc d'aller torturer cette pauvre souris juste pour quelques renseignements...

— Notre généreux gouvernement te propose cinquante mille dollars pour faire ça.

Le Mercenaire haussa les épaules.

— Du fric, j'en ai assez pour vivre jusqu'à trois cent ans, t'sais. Et il y a peu de chances que j'atteigne ce record.

Mais Greg DePaul connaissait son Hank Frost sur le bout des doigts. Il assena l'argument qu'il gardait pour la bonne bouche :

— Fais gaffe à tes os, Hank. D'après les descriptions qu'on a eues, l'un des tueurs serait Piotr Grassoutov, un type à l'index particulièrement nerveux.

Pour la première fois, le Mercenaire se tourna vers les hommes du FBI.

— Vous l'avez vu ?

— Euh... Pas nous, bredouilla John Brynes,

mal à l'aise. On n'a vu que des ombres. On leur a tiré dessus mais ils étaient trop loin.

Frost perdit patience.

— Alors, qui vous a décrit ce prétendu Grassoutov ?

— La fille, répondit Dekker.

Frost se massa nerveusement le sommet du crâne.

— Comment ça ? Je croyais que Nina Mertzlota était à Chicago !

DePaul jugea bon de reprendre les rênes de la conversation :

— Une certaine Joan Pritchard qui se promenait sur la plage au moment de la fusillade.

— Elle l'a échappé belle, ajouta Max Dekker.

— Ouais, reprit DePaul, on ne peut pas en dire autant de son petit ami.

— Ils ont descendu un Américain ? demanda Frost.

— Exact, confirma l'homme de la CIA. Philip Cooper, dix-neuf ans, qui avait simplement eu la mauvaise idée d'aller faire visiter Malibu à sa copine.

— Les fumiers ! cracha l'homme au bandeau noir.

Sachant qu'il était en train de marquer un point important, DePaul s'empressa d'ajouter :

— Quant à la gamine, elle est à l'hôpital. Les

toubibs pensent qu'il va lui falloir des mois pour retrouver un semblant d'équilibre.

— Les fumiers ! répéta le Mercenaire.

— Comme tu dis, conclut DePaul, satisfait. Maintenant, si tu es toujours d'accord pour m'entendre, je vais t'expliquer plus précisément en quoi consiste ta mission et ce que le pays peut en tirer.

Frost hocha silencieusement la tête. DePaul se tourna vers les trois agents du FBI.

— Si ces messieurs veulent bien nous laisser en tête à tête... Nous avons quelques confidences à nous faire.

Cummins se leva le premier, guindé, mâchoires serrées. Il fusilla Frost et DePaul du regard puis sortit, suivi de ses acolytes. Dès que la porte se fut refermée, l'homme de la CIA attrapa un tabouret et alla s'asseoir face à Frost, de l'autre côté de la petite table métallique.

— Quelle bande de tocards, fit-il avec un geste du pouce vers le couloir où s'étaient éclipsés Cummins et ses hommes.

Frost haussa les épaules.

— Alors, ces confidences ?

— A la fois banal et fracassant, répondit DePaul avec un air pénétré. Tu sais que depuis quelques années, pas mal de spécialistes se sont mis en tête de trafiquer la cervelle humaine comme on bricolerait un ordinateur.

— Ouais, grogna Frost. Mais c'est du bidon, tout ça. De la science-fiction.

— Pas tant que ça. Pidzovski et la belle Nina ont commencé par guérir des maladies graves avec un pourcentage de réussites époustouflant. Ensuite, ils se sont attaqués à d'autres sortes de problèmes, des troubles, disons... moins graves, mais tout aussi perturbants pour ceux qui en étaient atteints.

— Par exemple ?

DePaul se racla plusieurs fois la gorge.

— Par exemple l'impuissance. Un petit coup de scalpel du côté de l'hypothalamus et ils ont redonné une vigueur de vingt ans à des types qui se croyaient à jamais foutus.

— C'était Nina qui faisait passer les tests d'aptitude ? s'enquit Frost sournoisement. Si oui, je peux te dire que ça n'est pas une garantie de réussite.

DePaul se détendit.

— Exact. Cette fille serait capable de faire attraper le tétanos à un lombric.

— Greg, tu as le sens de la formule. Tu n'as jamais tenté le Nobel de littérature ?

L'agent secret reprit son sérieux.

— De fil en aiguille, nos deux lascars en sont venus à des expériences plus poussées. D'après ce qu'affirmaient récemment Pidzovski et Mertzlota, ils sont capables avec un simple bistouri de te changer un type de A à Z. D'un enragé, ils te font un mouton bêlant et vice versa. Tu vois l'utilisation qu'on peut faire chez eux d'un procédé pareil, je suppose.

— Les dissidents, avança le Mercenaire, captivé.

— Tout juste, Auguste. Fini les hôpitaux psychiatriques pleins à craquer. Fini les gueulards. Fini les passages à l'Ouest. Ivan Sekouyenstok n'est pas content de son sort ? Hop ! quinze jours à la clinique du professeur Pidzovski, et terminé ! L'emmerdeur rentre dans le rang. Tu imagines un peu l'épine que ça leur enlèverait du pied !

— Je veux, ouais. Encore faut-il que Pidzovski ait accepté le trafic.

— Justement, fit DePaul, j'ai bien l'impression que la recherche lui plaisait mais que le passage à l'application pratique lui posait un certain nombre de problèmes de conscience.

— D'où le coup de fil aux autres enflures, conclut Frost.

Il se massa pensivement la pointe du menton puis ajouta :

— Je ne vois pas l'intérêt d'aller leur piquer ces papelards. Maintenant que les recherches de Pidzovski ont abouti, il suffit de trouver n'importe quel bon chirurgien, de lui donner le matériel approprié et de lui enseigner la technique. Qu'est-ce qui les empêchera de poursuivre les expériences ?

Gregory DePaul leva la main à la manière d'un sergent de ville arrêtant la circulation.

— Tu n'y es pas. D'après ce que disait Pidzovski quand il a appelé cette enflure de Cummins, personne n'est encore au courant. Si on va assez vite et qu'on leur rafle sous le nez les travaux du tovaritch Aleksandr et son assistante, les Popov l'auront dans le baba.

— Et c'est nous qui pourrions transformer en lavettes les hooligans, les truands, les hippies de toute sorte, sans parler des Noirs de Watts quand ils s'échauffent un peu trop ! Non merci, Greg. Tu peux refiler cette mission à un autre. Moi, je ne mange pas de ce pain-là.

DePaul se leva brusquement et s'exclama, un peu plus fort qu'il ne l'aurait voulu :

— Arrête tes conneries, Hank ! Tu délires. Tu sais parfaitement que ce genre de truc est impossible à réaliser chez nous. On n'est pas au goulag, ici, et on n'y sera jamais ! Les méthodes de Pidzovski ne seront utilisées que pour traiter des troubles psychiques graves lorsque toutes les autres tentatives thérapeutiques auront échoué. On a des lois, ici. On a un conseil de l'Ordre. On a une déontologie médicale, merde !

Frost se leva à son tour et se mit à arpenter nerveusement la pièce.

— Ouais, grogna-t-il après un long silence. Même si on court le risque de voir nos toubibs ou nos militaires faire les cons avec la méthode Pidzovski, il y aura probablement des gens assez futés pour trouver des garde-fous. Et puis... Et puis, de toute façon, on ne peut pas laisser un truc pareil entre les mains des Russes. On n'a pas le choix.

DePaul le regarda, sidéré de ne pas avoir pensé lui-même à cet argument.

— Alors ? demanda-t-il. C'est d'ac ?

— C'est d'ac, confirma le Mercenaire.

Il sourit et un faisceau de rides se dessina sur son visage buriné. DePaul lui assena une solide claque entre les omoplates et lança :

— Merci, mec ! Maintenant, phase active de l'opération. Tu vas te reposer un peu avant de décoller pour Chicago. On a bien planqué le cadavre de Pidzovski et on a maquillé le meurtre de Philip Cooper en crime crapuleux. Mais il y a trop de monde dans le coup, surtout les autres enflures. Et, qui sait ?... Il y avait peut-être des témoins dans les maisons de plage. Le coup du type qui tourne en rond toute la nuit avant de se décider à aller cracher le morceau aux flics, ça arrive plus souvent qu'on ne le croit.

— Je sais, dit Frost. On n'a que quelques heures avant que la vérité n'arrive aux oreilles de la presse. Et je pense que l'effet de surprise peut être décisif avec la Miss Mertzlota. A quelle heure le prochain zinc pour Chicago ?

Une étincelle brilla dans les yeux bruns de Greg DePaul.

— J'ai un Phantom prêt à prendre l'air. Fais-moi une liste du matériel dont tu as besoin et va roupiller un quart d'heure, le temps que je te fasse préparer ça.

— Pas la peine, répondit le Mercenaire en désignant le sac de commando Safariland posé contre le mur près de la petite table. J'ai tout mon équipement là-dedans.

— Tu avais prévu le coup, hein, vieille fripouille ! s'esclaffa DePaul. J'aurais dû m'en douter. Bon, dans ce cas, en route pour l'aéroport. Tu seras à Chicago avant le lever du jour. Je te laisse carte blanche pour entrer dans la chambre de Nina au *Conrad Hilton*. Là-dessus, je sais que je peux te faire confiance.

Frost sourit, empoigna son sac Safariland et se dirigea vers la porte en murmurant :

— A nous deux, camarade Mertzlota !

CHAPITRE III

Les lunettes à la Ray Charles avaient sans doute de quoi étonner à six heures du matin dans les couloirs du *Conrad Hilton* de Chicago. Mais c'était tout de même un peu moins voyant qu'un bandeau de cuir sur l'œil gauche. En arrivant, Frost avait juste pris le temps de jeter son sac Safariland dans la chambre retenue par DePaul et d'enfiler un costume bleu nuit presque bien repassé.

Pas un chat dans le couloir du sixième étage. Des souliers rutilants attendaient les pieds de leurs propriétaires devant les portes d'acajou. Frost trouva rapidement le 608, numéro de la chambre où devait dormir l'assistante d'Aleksandr Pidzovski. Pas de souliers devant la porte. Soit la camarade Mertzlota avait honte de faire cirer ses pompes par un larbin. Soit elle avait tout simplement honte de montrer aux passants ses pompes communistes. Malgré la tension qui l'habitait à l'approche de la rencontre, le Mercenaire ne put s'empêcher de sourire dans sa moustache.

Il n'avait pas eu le temps d'élaborer une stratégie complexe pour entrer en contact avec la jolie tête bien pleine. Aussi décida-t-il de choisir le système le plus banal et peut-être le plus sûr pour pénétrer dans une chambre d'hôtel. Il frappa discrètement à la porte.

— Qu'est-ce que c'est ? demanda une voix féminine.

— Service d'étage, répondit le Mercenaire.

— Entrez. C'est ouvert.

Frost vérifia qu'il pouvait dégainer son Browning High Power chromé, calé sous son aisselle dans un holster Alessi. Pour l'occasion, il avait équipé son arme d'un atténuateur de son Sionics, ce qui ne facilitait pas les manipulations. Mais il faudrait bien faire avec.

Il prit une profonde inspiration et tourna le bouton. La porte s'ouvrit sur une chambre confortable et banale, semblable à la sienne. Semblable, en fait, aux chambres des chaînes d'hôtels du monde entier.

Nina Mertzlota portait un peignoir bleu en tissu pelucheux. Elle était assise sur le lit à deux places et regardait la fenêtre. Derrière les rideaux, le soleil pointait timidement à l'horizon du lac Michigan, que l'on devinait à travers le voile blanc. Au chevet du lit, un diffuseur design monté sur un gros ressort laqué blanc était allumé en veilleuse.

— Posez le plateau sur la table, dit la fille sans se retourner.

Elle parlait un très bon anglais, presque sans accent. Mais elle avait une voix étrange, comme lasse. Sans bien s'expliquer pourquoi, le Mercenaire sentait qu'elle était tendue. Il y avait aussi cette lampe allumée et les doubles rideaux ouverts. A six heures du matin... Alors que d'après DePaul, la séance de travail de la veille s'était achevée vers minuit et demie. « Peu de temps après la mort de Pidzovski », ne put s'empêcher de penser l'homme aux lunettes noires.

Bizarre.

La présence très probable de micros-espions dans la pièce avait contraint Frost à choisir une tactique beaucoup moins cordiale qu'il ne l'aurait souhaité. Une tactique qui, par surcroît, exigeait que la fille le regarde. Or elle restait obstinément tournée vers la fenêtre. Essayant de créer l'illusion, il fit un peu de bruit en déplaçant quelques objets sur la table puis il dégaina son Browning équipé de l'atténuateur de son et approcha du lit.

— Merci, murmura Nina Mertzlota. Vous pouvez partir.

Frost ne bougea pas. Il cherchait une réplique plausible à l'intention des écouteurs lorsque, semblant brusquement prendre conscience d'une anomalie, la fille sursauta et se retourna en s'exclamant :

— Mais j'avais commandé mon petit déjeuner pour dix heures seulement ! Qu'est-ce que...

Elle se tut en découvrant l'arme dans le poing du Mercenaire. D'un geste éloquent, il lui intima l'ordre de ne pas crier puis prononça d'une voix forte :

— Excusez-moi, Mademoiselle. Ce doit être une erreur. Je... Je suis vraiment confus. Je vais redescendre votre plateau.

Visiblement terrorisée, Nina Mertzlota resta muette, pétrifiée, sur son lit. Elle était aussi belle que sur les photos mais son visage était livide. Ses traits tirés et ses yeux rougis indiquaient qu'elle n'avait pas dû avoir son compte de sommeil. Le Mercenaire lui fit signe de se lever et de le suivre dans le couloir. Elle resta immobile comme une statue de marbre. Frost prit son air le plus menaçant et approcha avec son arme. La fille hésita encore. Puis elle se passa une main sur le visage et, lentement, comme un automate, exécuta les consignes silencieuses qu'il lui donnait. Frost dut se retenir pour ne pas laisser échapper le soupir de soulagement qui avait grande envie de sortir. La fille le rejoignit dans le couloir désert. Avant de fermer la porte, il lança :

— Encore une fois, excusez-moi, Mademoiselle. Je veillerai personnellement à ce que ça ne se reproduise pas.

Elle le regarda, lèvres serrées, exsangues, l'œil chargé de peur et de haine. Il glissa son arme dans la poche de son veston.

— Avancez, ordonna-t-il à voix basse. Par l'escalier.

Frost connaissait bien les Soviétiques et les savait capables de placer des micros jusque dans l'ascenseur.

Moins d'une minute plus tard, il poussa Nina Mertzlota à l'intérieur de sa propre chambre, à l'étage inférieur. Le plus dangereux était fait. Ils n'avaient croisé personne pendant le trajet. Une scientifique soviétique, nu-pieds et en robe de chambre, au bras d'un moustachu affublé de grosse lunettes noires, la rencontre aurait pu paraître pour le moins insolite à l'individu le plus naïf.

Il ferma la porte, la boucla à double tour en prenant soin de laisser la clef dans la serrure et, enfin, laissa échapper son soupir. Droite comme un i, pieds joints, bras croisés sur sa poitrine rebondie, Nina Mertzlota le fixait de ses yeux rouges et apeurés. A cet instant seulement, il nota qu'elle était très petite et lui arrivait à peine à l'épaule. Le fait qu'elle fût déchaussée accentuait encore la différence de taille.

Il risqua un sourire. Aucun effet. Brusquement, la fille se mit à trembler de tous ses membres et il se sentit très mal à l'aise. Faire peur aux femmes était une chose qu'il n'aimait pas du tout. Il s'efforça de prendre sa voix la plus douce :

— Calmez-vous. Je ne vous veux aucun mal. Tenez, asseyez-vous.

Il avança une chaise. La fille se laissa tomber dessus, molle comme une poupée de chiffon. Frost s'accroupit devant elle. Tandis qu'il cherchait ses mots pour entamer les explications, elle retrouva enfin l'usage de la parole. Une parole bien faible, bien chevrotante mais une parole, tout de même :

— Qu'allez-vous me faire ?

Frost sourit à nouveau.

— N'ayez pas peur, Miss Mertzlota, je suis de la police américaine. J'ai été obligé de mettre en œuvre ce moyen désagréable pour vous parler parce que je craignais la présence de micros dans votre chambre.

La fille ouvrit une bouche hébétée :

— La police ? Mais pourquoi venez-vous si tôt ? Je... Nous avions dit...

Puis, soudainement méfiante, elle demanda :

— Vous avez une carte ?

Le Mercenaire montra sa carte permanente du Secret Service. La jeune Soviétique sembla rassurée. Elle s'étonna :

— Mais, capitaine Frost, nous avions dit deux heures et demie dans la salle de conférences.

Frost nota mentalement qu'elle avait le coup d'œil. En une fraction de seconde, elle avait déchiffré aussi bien son nom que son grade. Il s'étonna à son tour :

— Deux heures et demie dans la salle de conférences ? Je ne comprends pas. C'est la première fois que je vous parle !

Elle haussa les épaules avec l'air de le considérer comme l'andouille la plus indécrottable que la terre eût portée. A l'évidence, Nina Mertzlota était en train de reprendre du poil de la bête.

— Merci du renseignement, lança-t-elle d'un ton mordant. Mais, soit il y a un cafouillage monumental quelque part, soit vous venez de la part de l'agent spécial Jerome Higginson.

Et tout s'éclaira dans l'esprit du Mercenaire.

— Non... non... non..., murmura-t-il en secouant une tête accablée. Vous aussi vous avez pris contact avec le FBI... ?

— Bien entendu ! Voilà pourquoi vous êtes ici, j'imagine.

— Quelle salade ! Mais quelle salade ! gémit Frost, terrassé par la révélation. Pourquoi avez-vous fait ça, bon Dieu ?

Les yeux de Nina s'embuèrent de larmes. Elle étouffa un sanglot et lorsqu'elle ouvrit la bouche, Frost savait dèjà ce qu'elle allait dire.

— J'ai... J'ai exécuté la volonté d'Aleksandr... J'ai ouvert la lettre dont il m'avait demandé de prendre connaissance au cas où il viendrait à... à disparaître. Il... Il me disait d'appeler le FBI. Je l'ai fait.

— Bon Dieu de bon Dieu..., grommela Frost. La tuile !

N'ayant plus aucune raison de se taire, il exposa en détail la mission que DePaul lui avait confiée puis conclut :

— Qui vous a appris la mort de votre patron ?

La fille se moucha bruyamment puis enfonça les mains dans les poches de sa robe de chambre et répondit après une courte hésitation :

— Grigori Pradovsk. Il est venu me voir à une heure et demie du matin. Il m'a tout raconté. Vous ne pouvez pas savoir de quels noms il a traité ce pauvre Aleksandr, capitaine Frost... Vous ne pouvez pas savoir...

Elle fondit en larmes, Frost la prit par les épaules et la secoua doucement.

— Allons, allons, ça ne sert à rien de pleurer... Il faut réagir ! Je suis sûr que le professeur Pidzovski voudrait vous voir forte en ce moment.

Il la sentit se raidir et elle murmura avec une agressivité qui désarçonna le Mercenaire :

— Vous êtes bien tous pareils, à l'Est comme à l'Ouest ! Vous ne comprenez donc rien à rien ! Aleksandr, ce n'était pas mon patron, c'était... c'était comme un père pour moi.

— Mais si, je comprends, assura Frost. Seulement, maintenant, nous sommes dans une situation très délicate. Il faut faire face. Et vite. C'est notre seule chance d'en sortir. Et quand je parle d'en sortir, je pense surtout à vous.

— Et à la méthode d'Aleksandr, grogna la fille d'une voix revêche.

— Honnêtement, oui, admit le Mercenaire. Mais sachez que pour moi, pour nous tous dans ce pays, le sort d'un être humain passe avant tout.

Il se sentit un peu pontifiant et se mordit les lèvres. Mais, apparemment, Nina Mertzlota fut sensible à sa déclaration.

— Je ne sais pas pourquoi mais, malgré votre tête de tueur et vos vilaines lunettes, je... je crois que je vous fais confiance.

— Mes vilaines lunettes..., murmura Frost. Vous n'avez pas tout vu.

— Pardon ?

Le Mercenaire se releva et tourna le dos à la fille. Rapidement, il enleva ses lunettes noires et les remplaça par un bandeau de cuir qu'il tira de sa poche gauche. Lorsqu'il eut soigneusement noué le lacet autour de sa tête, il s'assit en tailleur aux pieds de Nina qui le regarda, stupéfaite.

— C'est... Ce n'est pas un déguisement... ?

— J'ai une tête à faire des blagues aussi idiotes ?

— Euh..., souffla Nina, gênée. Non, bien sûr. Mais comment est-ce arrivé ?

Un sourire plissa le visage tanné de l'homme au bandeau noir. Il éluda :

— Je vous raconterai ça plus tard. Pour le moment, il y a plus pressé. Vous avez compris, je suppose, que votre ami Grigori Pradovsk fait partie du KGB ?

— Il me l'a dit cette nuit. Et pas peu fier. Le... le... sale type !

Frost ne jugea pas décent de lui demander si elle avait laissé filtrer des informations donnant à penser que Pidzovski envisageait de demander l'asile politique. Mais elle le confessa spontanément. Elle se posa les coudes sur les genoux et, avec de larges mouvements, se mit à agiter la tête de droite et de gauche, le visage décomposé par le chagrin et la culpabilité. Frost sentait le déplacement d'air provoqué par ses cheveux noirs qui bougeaient devant lui comme un éventail.

— C'est ma faute..., chuchota-t-elle d'une voix presque inaudible. C'est ma faute... L'année dernière, je me rappelle... C'était à Toronto... Une conférence... Grigori était venu me rejoindre. Nous... nous étions... hemm... très liés à l'époque. A la fin de la soirée, j'avais un peu abusé de la vodka. Il m'avait poussée à boire. J'ai trop parlé. Mais je ne me méfiais pas de lui, vous comprenez ?

Frost hocha la tête pour indiquer qu'il comprenait. Mais elle ne le voyait pas. Elle enchaîna :

— Je n'ai rien dit... Enfin, rien de précis. De vagues allusions, c'est tout. Mais j'ai senti qu'il comprenait. Il faisait semblant de n'y accorder aucune importance. J'ai aussi parlé de moi. Si j'avais su qu'il était du KGB... Si j'avais su... Le scélérat !

Elle cessa de balancer la tête, se tut et se cacha le visage entre les mains.

— Cessez de vous tourmenter comme ça ! lui intima fermement le Mercenaire. Vous n'avez pas trahi Pidzovski, vous avez simplement réveillé la méfiance quelque peu endormie du

KGB. D'ailleurs, votre patron a eu aussi une grosse part de responsabilité dans cette sinistre affaire. Il a agi avec beaucoup de légèreté. Si vous voulez faire quelque chose pour sa mémoire, il faut m'écouter.

La fille écarta les mains et acquiesça d'un hochement de tête piteux.

— D'où avez-vous appelé le FBI ? demanda Frost.

— De ma chambre.

— C'est bien ce que je craignais. A l'heure qu'il est, Grigori Pradovsk est au courant et prépare le comité d'accueil pour les agents qui doivent vous rencontrer cet après-midi.

— Pardon ?

— Mais bien sûr. Vous pensez bien qu'ils ont collé une puce dans votre combiné !

— Une puce ?

— Un mouchard miniaturisé pour espionner toutes vos conversations, expliqua l'homme au bandeau noir.

— Mon Dieu... Mon Dieu..., balbutia la Soviétique.

« Votre Dieu, je croyais qu'il avait pris une lame de faucille en travers de la gorge et un coup de marteau sur le sommet du crâne... » faillit rétorquer l'Américain. Il se retint à temps, se leva, décrocha son téléphone et composa le numéro de la section locale du FBI.

— Allô ! Passez-moi le SAC (1) en priorité !

— Il est six heures un quart et le SAC n'est pas encore à son bureau. Qui est à l'appareil ?

— Capitaine Hank Frost en mission spéciale. Passez-moi son plus proche assistant. Vite !

Frost entendit une série de cliquetis, une courte musique d'attente puis une voix répondit :

— Agent spécial Jack Sledger, adjoint du SAC. De quoi s'agit-il ?

— D'une connerie qu'il vaudrait mieux éviter, mon cher Sledger ! Vous dites à votre chef d'annuler toutes les dispositions prises à cette heure en vue d'une rencontre avec la scientifique soviétique Nina Mertzlota. Bien vu ?

— Mais enfin, de quel droit... ?

— C'est moi qui parle ! jappa le Mercenaire. On a déjà eu droit à une bavure la nuit dernière grâce à vos collègues de Los Angeles. Pidzovski, ça suffit ! Je ne veux pas vous voir rôder de près ou de loin autour de son assistante ! C'est moi qui assure sa protection, et moi seul. Vous recevrez confirmation écrite de cet ordre en fin de matinée. Et, croyez-moi, vous avez intérêt à ce qu'il soit exécuté à la lettre, sinon je vous en tiendrai personnellement pour responsable. A bon entendeur, salut !

(1) Special Agent in Charge : Agent Spécial Principal.

Le Mercenaire raccrocha sans autre forme de procès et se tourna vers Nina qui le considérait d'un air catastrophé.

— Mais enfin, murmura-t-elle, s'ils ont branché des écoutes, ils ont entendu votre conversation ! Grigori va me faire enlever et rapatrier de force !

— Soyez tranquille, répondit Frost en souriant. Grigori n'a rien entendu. Il y a effectivement des écoutes sur les lignes de cet hôtel depuis quelques heures, mais elles sont directement raccordées au central de mes amis de la CIA. Le seul téléphone suspect, c'est le vôtre parce qu'il est espionné par un émetteur placé dans le combiné. Pas par un branchement pirate.

Il vit la fille souffler ostensiblement et il lui sembla qu'elle avait repris quelques couleurs.

— D'ailleurs, ajouta-t-il, c'est de là que vous allez appeler votre cher ami Grigori Pradovsk. Vous avez son numéro, naturellement ?

— Bien entendu, mais... je ne comprends pas.

— Suivez-moi bien. La seule façon de regagner la confiance de Pradovsk, c'est de l'appeler et de faire spontanément votre autocritique. Vous lui raconterez tout ce que vous avez dit au FBI et qu'il sait déjà. Vous lui direz que vous avez agi sous le coup d'une impulsion après la mort de Pidzovski. Vous lui parlerez de la lettre. Tout.

— Pourquoi ? Vous ne me placez pas officiellement sous la protection des autorités américaines.

— Vous oubliez les documents de Pidzovski, mademoiselle Mertzlota.

— C'est vrai. Si je veux les récupérer pour vous les transmettre, il faut que je continue à vivre comme avant.

— Cette fois, je vois que les choses sont claires. Lorsque vous me remettrez les documents, nous vous accorderons l'asile politique.

Nina Mertzlota hocha la tête.

— Vous savez où ils sont, au moins ? questionna Frost.

— Oui, murmura la jeune Soviétique. Et ça ne va pas être facile. Aleksandr avait établi deux exemplaires de ces documents. Un jeu se trouve à Zurich dans un coffre. Mais je ne connais ni le numéro ni même le nom de la banque. J'ai bien peur que ces papiers-là soient définitivement perdus. Quant à l'autre jeu...

— Où est-il ?

— Dans un coffre, lui aussi. Il est équipé d'un dispositif à commande vocale qui ne s'ouvre que moyennant une phrase clef prononcée uniquement par Aleksandr ou par moi-même.

Je suis la seule personne vivante à pouvoir mettre la main sur ces papiers.

— Et où se trouve le coffre ?

— A Riga.

— Oh non ! s'exclama le Mercenaire. En Lettonie, sur les bords de la Baltique ?

— Oui, confirma Nina Mertzlota. Il faut que je me rende en URSS et que je puisse les faire parvenir à votre ambassade qui pourra les sortir du pays par la valise diplomatique. Quant à moi, je devrai attendre ma prochaine conférence en Amérique pour avoir droit à la liberté. Si conférence, il y a... Mais, je suis prête à risquer ça. Je ne veux pas que les travaux d'Aleksandr servent à ces crapules ! Si ça marche pour les documents et que ça rate pour moi, tant pis. Je pense que j'aurai tout de même une grande satisfaction.

Le Mercenaire avait envie de crier bravo à cette fille pour son courage. Mais la pudeur l'en empêchait. Il se contenta de la regarder gravement et de murmurer :

— Je ne pensais pas que ce serait aussi compliqué. Si j'insiste auprès de mes supérieurs, on pourra peut-être réviser les conditions...

— Pas question de laisser ces documents là-bas. Ils pourraient finir par tomber dans de mauvaises mains.

La détermination de la fille était évidente. Frost sourit. Elle sourit à son tour et il sut qu'elle comprenait ce qu'il éprouvait en ce moment. Elle se leva.

— Maintenant, dit-elle, je retourne à ma chambre pour appeler Grigori.

— Pas maintenant. Vous attendrez dix heures du matin. S'ils entendent votre porte s'ouvrir, ils vont immédiatement comprendre qu'il se passe quelque chose d'anormal.

— C'est vrai, admit la Soviétique. Mais pourquoi dix heures ?

— Parce que vous arriverez en même temps que votre petit déjeuner.

— Ils n'entendront pas le garçon frapper, objecta Nina. Ils ne m'entendront pas non plus répondre de l'intérieur.

— Vous guetterez le garçon. Dès qu'il sera devant votre chambre, vous ouvrirez la porte et vous pousserez une petite exclamation de surprise, le genre : « Oh, que je suis distraite ! Je sortais prendre mes chaussures et je m'aperçois que je ne les ai pas mises à l'extérieur ! » Le garçon pensera simplement que vous êtes un peu folle de vous promener comme ça dans le couloir, mais, sauf votre fierté, ça n'a pas grande importance.

La fille laissa échapper un petit gloussement amusé. C'était la première fois depuis leur rencontre qu'elle manifestait un semblant de gaieté. Elle conclut à la place de Frost :

— Et les espions du KGB penseront que je viens d'ouvrir la porte et que je me suis trouvée nez à nez avec le garçon d'étage. Mais... ajouta-t-elle après un instant de réflexion, ils vont s'étonner de ne pas m'entendre marcher.

— Les micros ne sont pas assez sensibles pour capter un bruit de pieds nus sur de la moquette. Ils penseront que vous venez de vous lever. En ce moment, ils croient que vous dormez du sommeil du juste mais soyez sûre qu'ils n'entendent pas vos ronflements.

— Vous avez quand même l'esprit tordu pour imaginer des choses pareilles, observa Nina. Cette rouerie... c'est presque de la perversité.

— Si mon esprit tordu vous intéresse, je vous autoriserai à disséquer mon cerveau. Mais à une condition.

— Laquelle ? demanda la fille, méfiante.

— Que vous me surviviez, répondit le Mercenaire. Il n'est pas question que je vous fasse un don d'organe de mon vivant.

Elle éclata de rire.

— Capitaine Frost, vous êtes vraiment fou.

Puis, brusquement, elle se tut et planta son regard noir dans la prunelle unique du Mercenaire.

— Quelle heure est-il ? demanda-t-elle comme si elle venait seulement de prendre conscience de la situation.

Frost consulta sa Rolex.

— Six heures trente-deux.

— Qu'est-ce que je vais faire en attendant dix heures ?

— Vous allez rester ici. Je vous offre mon hospitalité.

Nina Mertzlota fronça les sourcils.

— Ah, les flics américains ! grogna-t-elle. Vous avez de jolies façons de faire avec les femmes ! C'est de la séquestration ou je ne m'y connais pas.

— Vous pouvez toujours porter plainte, plaisanta l'homme au bandeau noir. Mais je crois que vous n'en ferez rien. Vous n'allez même pas voir le temps passer. Nous avons encore beaucoup de choses à nous raconter tous les deux...

CHAPITRE IV

La robe de chambre bleue gisait sur la moquette. Le costume bleu gisait, tire-bouchonné, sur une chaise. Hank Frost et Nina Mertzlota gisaient, nus, sur le lit.

Détendu, le cheveu et la moustache en bataille, Frost fumait une Camel. Un petit sourire aux lèvres, les seins orgueilleusement pointés vers le plafond, Nina savourait le bien-être après l'amour. Du coin de l'œil, le Mercenaire apercevait la découpe somptueuse de son corps sur fond de couvre-lit beige. Nina était menue et très belle. C'était surtout une merveilleuse partenaire, à la fois tendre et fougueuse. Harrassés par leur nuit de veille et par la tension qui les habitait, ils s'étaient totalement abandonnés dans l'amour et y avaient trouvé une précieuse délivrance. Frost sentit Nina se trémousser voluptueusement près de lui. Elle s'étira en poussant un gémissement d'aise puis murmura :

— C'était magnifique, Hank. Il y avait bien longtemps que je n'avais connu un plaisir aussi intense.

Sans répondre, il tendit le bras et caressa le ventre plat et ferme de la fille. Elle se laissa faire avec un petit ronronnement de chatte amoureuse.

— Tu sais à quoi je pense ? demanda-t-elle.

Frost lui tourna le dos pour écraser sa Camel et dissimuler un sourire. Il était précisément en train de se remémorer ce que DePaul lui avait appris la veille sur les travaux de Nina et de son patron. Il répondit :

— Je crois deviner.

— Dis-moi.

— Tu penses que mon hypothalamus n'a pas encore besoin de ton scalpel.

— Chameau ! gloussa Nina.

Elle lui décocha une pichenette dans les reins puis se mit à le caresser. Il tressaillit lorsqu'il sentit les mains de la fille lui passer délicatement sur la poitrine, le ventre puis s'enhardir pour lui prodiguer des douceurs plus précises. Elle se serra contre lui et il sentit les rondeurs féminines se mouler contre ses omoplates. Nina lui mordilla le lobe de l'oreille et souffla d'une voix mutine :

— Vous faites erreur, Capitaine. J'étais seulement en train de penser qu'il est seulement huit heures et que je n'ai plus du tout sommeil.

Frost se retourna vers elle et la prit dans ses bras avec un grognement de plaisir. Elle laissa échapper un petit rire lascif et le repoussa. Il ne put retenir un halètement de surprise et de plaisir mélangés lorsque, sans avertir, la fille s'installa à califourchon sur lui et l'introduisit avec précision dans l'écrin moite et exquis au cœur de sa petite toison noire. Avec des râles presque plaintifs, elle amorça une lente ondulation des hanches qui ne tarda pas à arracher au Mercenaire des gémissements de bien-être. L'œil mi-clos, il vit à travers ses cils les seins de Nina s'animer d'un fascinant mouvement de balancier. Avec un grognement de désir, il tendit les mains, s'en empara et les sentit bientôt s'épanouir délicieusement au creux de ses paumes tandis que, la tête rejetée en arrière, la fille se livrait à ses caresses.

Quelques instants plus tard, le Mercenaire eut l'impression que le lit, le plafond, la chambre entière tanguaient au rythme des oscillations de Nina.

Ils savourèrent longuement cette danse voluptueuse, prenant plaisir à reculer le plus possible le moment ultime. Puis, progressivement, Nina, le souffle court, accéléra la cadence. Cabré sous elle, le Mercenaire la soulevait tel un bronco déchaîné en poussant des ahanements rauques. Puis, comme d'un commun accord, ils se laissèrent aller ensemble et vibrèrent dans une suite de spasmes d'une violence inouïe.

La peau couverte de petites perles de sueur, Nina, haletante, retomba dans les bras de Frost et l'embrassa en se serrant tout contre lui. Ils restèrent ainsi, immobiles, comblés, puis sombrèrent dans le sommeil, toujours chevillés l'un à l'autre.

***

Nina raccrocha le téléphone et sourit. Tout avait marché comme sur des roulettes. Grigori était visiblement tombé dans le panneau. Elle se leva croisant les pans de sa robe de chambre sur ses seins superbes sur lesquels il lui semblait encore sentir les caresses de Hank et s'approcha du plateau du petit déjeuner. Elle avait une faim de loup.

Soudain, elle se figea net dans son mouvement, faillit pousser une exclamation à voix haute mais la ravala en se souvenant que sa chambre était truffée de micros. Elle blêmit en songeant à ce qui aurait pu arriver si elle n'avait pas eu cette idée. Elle retourna au téléphone et appela la réception, sachant que, quelque part dans Chicago, un homme du KGB ne perdait pas une de ses paroles.

— Allô ! Ici Miss Mertzlota. Chambre 608.

— Que désirez-vous, Miss Mertzlota ? demanda un employé courtois.

— J'ai dit au service de nuit de préparer ma note pour midi, répondit Nina.

— Veuillez patienter un instant. Je vérifie.

La jeune Soviétique entendit des froissements à l'autre bout du fil, puis la voix courtoise annonça :

— Le message a bien été transmis, Miss Mertzlota. Votre note est prête. Voulez-vous que j'appelle un taxi ?

— Non, surtout pas. — Nina sourit, imaginant la tête de l'espion. — Pour ma note, je vous prierai d'annuler. J'ai l'intention de rester quelques jours encore.

— Ce sera fait, Miss Mertzlota. A votre service. Désirez-vous autre chose ?

— Merci, ce sera tout, répondit Nina en raccrochant.

Elle se leva et alla attaquer son copieux breakfast avec un appétit décuplé.

***

Hank Frost sortit de la douche et se frictionna longuement pour masser ses muscles fatigués.

La nuit presque blanche, le trajet en Phantom de Los Angeles jusqu'à Chicago, les ébats répétés avec Nina... il aurait eu du mal à se sentir en grande forme. Mais il se sentait tout de même ragaillardi par son solide breakfast et sa douche. Avant de s'habiller, il se plaça un bandeau noir neuf sur l'œil puis sortit de la salle de bains. Sa Rolex, posée sur la table de chevet, indiquait presque onze heures. Le soleil était haut dans le ciel et la journée s'annonçait chaude. En choisissant des vêtements légers — pantalon de toile beige, chemise Lacoste et saharienne suffisamment ample pour dissimuler la bosse de son holster —, il eut une pensée affectueuse, mêlée d'un brin de jalousie, pour Nina qui, elle, pouvait s'offrir une grasse matinée. Il l'imagina endormie dans ses draps bleus, ses cheveux noirs étalés en corolle autour de son visage à la fois angélique et sauvage.

Frost revint rapidement aux préoccupations de sa mission. Greg DePaul, par l'intermédiaire des écoutes téléphoniques, était informé de la tournure générale des événements. Mais ils avaient de nombreuses mises au point à faire ensemble, notamment en ce qui concernait les dispositions à prendre pour la conférence de l'après-midi.

Il s'habilla rapidement et, avant de sortir,

chaussa ses grosses lunettes par-dessus son bandeau. Il se coiffa ensuite d'une casquette de base-ball, ridicule à souhait, mais qui avait le mérite de cacher le lacet de cuir noir noué autour de sa tête. Il alla s'examiner devant la glace. Les traits étaient tirés mais l'œil injecté disparaissait derrière les verres réfléchissants. Ça pouvait passer. Frost glissa sous le lit son sac Safariland qui contenait son pistolet d'assaut KG-99 en pièces détachées. Puis il se ravisa, rouvrit le sac et prit son petit couteau Gerber MK-I, qu'il se sangla au mollet droit sous son pantalon.

Satisfait et équipé à sa convenance, il quitta enfin sa chambre. Gardant sa clef dans sa poche, il sortit du *Conrad Hilton,* héla un taxi et donna l'adresse du siège de la police dans South State Street. C'était là que Greg DePaul avait installé son QG provisoire.

*
**

Dans son appartement aux persiennes d'acier perpétuellement closes situé au deuxième étage d'un petit immeuble d'Outer Drive, Grigori Pradovsk écoutait attentivement le récit de Leonid Bouladine. Lorsque l'homme eut terminé, Pradovsk se leva et se dirigea machinalement vers la fenêtre aveugle. Il se retourna et considéra Bouladine sans le voir, visiblement en proie à une profonde réflexion.

Grigori Pradovsk était un grand garçon blond, élancé mais finement musclé, élégamment vêtu d'un costume gris de très bonne coupe. Extérieurement, personne n'aurait pu imaginer que, sous ses airs de dandy, ce beau jeune homme au regard bleu cachait un attaché de l'ambassade soviétique, et encore moins un capitaine du KGB. Après un long silence, il finit par prendre la parole, plus pour récapituler sa pensée que pour informer son subordonné :

— Le coup de fil à la réception semble indiquer que Nina a réellement changé d'avis. Personnellement, j'aurais tendance à croire en sa bonne foi. Elle a toujours eu des positions politiques très neutres. Mais...

Il laissa sa phrase en suspens.

— Mais ? relança Bouladine.

Pradovsk le regarda comme s'il venait de découvrir sa présence. Il se tritura un instant le bout du nez entre le pouce et l'index puis reprit :

— Mais je préfère être méfiant. Je la connais bien, la petite Nina.

Bouladine dissimula un sourire.

— Je la connais bien, répéta Pradovsk, et je sais que si elle se fout complètement de la politique, elle avait une dévotion sans bornes pour feu son patron. Elle serait bien capable d'aller jusqu'au bout simplement pour respecter les dernières volontés de Pidzovski. Et... aussi pour se venger de moi... Il vaut mieux se montrer prudents.

— Qu'est-ce que tu comptes faire ? s'informa Leonid Bouladine.

— Continuer à l'espionner, bien entendu, mais la laisser libre de ses mouvements. Si elle magouille quelque chose, c'est la meilleure façon de l'amener à se trahir. On va jouer la carte de la confiance et lui filer discrètement le train. Elle ne te connaît pas, c'est toi qui la surveilleras.

Bouladine hocha la tête, trop heureux de voir le fastidieux travail d'écoute se transformer en une mission digne de ce nom.

— Discrétion, discrétion, lui conseilla vivement Grigori Pradovsk. Nina est plus forte que n'importe qui pour repérer une filature. Tu prendras un micro-canon avec toi, pour le cas où elle entrerait dans un endroit où tu ne pourrais pas la suivre sans risquer de te faire identifier. Tu m'informeras régulièrement de ses moindres faits et gestes.

— Et si elle prend d'autres contacts ? s'enquit Bouladine.

— Si elle prend d'autres contacts..., commença Pradovsk.

Il se tut perplexe, et réfléchit.

— *Mokrye diela?* (1) proposa Bouladine, une lueur mauvaise dans le regard.

— Tu es fou, ou quoi, Leonid? aboya brusquement Grigori. Pidzovski est mort. Nina est la seule à pouvoir poursuivre la mise au point de la méthode! Si elle fait des siennes, on la neutralise et on la ramène à Moscou, d'accord ou pas d'accord! Mais pas question de toucher à un cheveu de cette fille! Compris?

— Compris, assura Bouladine avec soumission. Je commence quand?

— Cet après-midi, quand elle sortira pour aller au colloque. Bien entendu, pas question que tu me contactes par radio. Le téléphone public uniquement. On ne peut pas se permettre de se faire repérer.

— Compris, répéta Bouladine.

— S'il y a le moindre problème, tu m'appelles ici. Je bougerai le moins possible. Si je dois m'absenter, je laisserai Vassili ici pour prendre les communications.

D'un regard, Pradovsk fit comprendre à Leonid Bouladine que l'entrevue était terminée. L'homme s'apprêtait à se lever lorsqu'on frappa à la porte selon un rythme particulier.

(1) Affaire mouillée : euphémisme utilisé par le KGB pour ordonner la liquidation physique d'une personne.

— Va voir, ordonna Grigori Pradovsk.

Bouladine dégaina un Tokarev qu'il glissa dans la poche de sa veste puis sortit de la pièce, traversa un couloir étroit et sombre et colla son œil au judas.

— C'est Vassili, annonça-t-il.

— Très bien. Ouvre.

Bouladine ouvrit trois verrous, libéra une chaîne et fit entrer un petit homme au cheveu dru et frisé. Vassili Konstantinovitch était à peu près aussi large que haut. Un nez écrasé, de grosses joues aux pommettes hautes, un front étroit, lui faisaient une tête de gorille. Ses bras, démesurément longs pour sa taille, complétaient parfaitement son allure simiesque.

— *Kak tuy patchivayich, tovaritch ?* (1) s'informa-t-il, d'une voix couinante qui ne cadrait pas avec son physique.

— *Atchin kheracho* (2), répondit Bouladine, sans conviction.

D'un signe de tête assorti d'un clin d'œil maussade vers la pièce du fond, il fit comprendre à l'arrivant qu'on était à un point critique de l'affaire Pidzovski-Mertzlota.

Konstantinovitch traversa le couloir, tandis que son collègue bouclait la porte. Il n'était pas

(1) Comment vas-tu, camarade ?
(2) Très bien.

encore entré dans la salle de séjour lorsque Pradovsk demanda nerveusement :

— Alors ? Quoi de neuf ?

— Rien du tout, répondit le gorille frisé.

— Quoi ? s'exclama Pradovsk, incrédule.

— Rien, répéta Vassili Konstantinovitch en s'immobilisant sur le seuil. Pas un coup de fil, pas une visite depuis son appel à la réception. A mon avis, elle doit avoir besoin de récupérer et elle dort. Maksim a cru l'entendre remonter un réveille-matin, mais il ne pourrait pas le jurer.

— Bon Dieu de bon Dieu..., grommela Grigori Pradovsk.

— Enfin..., risqua timidement Vassili Konstantinovitch. Il y a quelque chose, si. Mais ça ne concerne pas directement la camarade Mertzlota.

— Hé ! On peut passer ? grogna Bouladine en le poussant à l'intérieur.

— Qu'est-ce qu'il y a de nouveau ? s'enquit Grigori, agressif.

— Piotr Grassoutov et Ivan Krassolniki sont arrivés de Los Angeles. Ils sont à la Mission soviétique.

— En voilà deux qui vont entendre parler du pays ! cracha d'un ton mauvais le jeune capitaine du KGB. Mais absolument rien au sujet de Nina ?

— Rien de rien, affirma le gorille.

— Soit elle nous joue un tour auquel je ne comprends rien, commenta Pradovsk. Soit elle est complètement dans le cirage. Soit elle est morte.

— Mais enfin, qu'est-ce que tu veux dire? demanda Konstantinovitch.

— Tout simplement qu'à cette heure la douce Nina aurait normalement dû reprendre contact avec le FBI pour annoncer le changement de programme. Si elle ne l'a pas fait, c'est qu'elle nous prend pour les derniers des imbéciles ou qu'elle n'est pas dans son état normal. Leonid, tu m'accompagnes à la Mission. Toi, Vassili, reste ici pour prendre les messages.

Le gorille hocha la tête et attrapa dans un porte-revues un numéro de *Penthouse,* qu'il ouvrit, histoire de tuer agréablement le temps. Grigori Pradovsk sortit de la pièce sans saluer, Leonid Bouladine sur les talons.

*
**

— Bon Dieu! s'exclama soudainement le Mercenaire. Mais qu'est-ce que j'ai dans le cigare? Et Nina, qui n'y a pas pensé non plus...

— Ça ne va pas, Monsieur? s'informa le chauffeur en levant les yeux vers son rétroviseur.

— Non, ça ne va pas; c'est le moins qu'on

puisse dire... J'ai oublié dans ma chambre d'hôtel un document dont j'ai absolument besoin. Faites demi-tour dès que vous pourrez et ramenez-moi au *Conrad Hilton.*

— Bien, Monsieur.

Cinq minutes plus tard, il faisait halte dans une contre-allée, devant la grande tour vitrée du *Conrad Hilton*. Le Mercenaire régla sa course.

— Je vous attends, Monsieur ?

— Non non, répondit Frost. J'ai plusieurs choses à vérifier dans ces documents. Ça risque de me prendre un certain temps.

L'homme haussa les épaules et repartit en direction du centre ville. Frost entra d'un pas vif dans l'hôtel et se dirigea immédiatement vers l'ascenseur.

Dans le couloir du sixième, il ne vit qu'une lingère occupée à entasser des draps dans un panier et un garçon d'étage occupé à faire semblant d'aider la lingère, le prétexte étant particulièrement commode pour se permettre quelques privautés. Il frappa à la porte du 608. Pas de réponse. Il insista. Il frappait depuis près d'une demi-minute et commençait à s'inquiéter lorsque la voix endormie de Nina demanda :

— Qu'est-ce que c'est ?

— Le correspondant que vous avez réclamé.

Sachant qu'il avait été entendu le matin par

les espions du KGB lorsqu'il s'était présenté comme groom, le Mercenaire s'efforçait de parler avec un timbre plus aigu. Nina ne le reconnut pas.

— Je n'ai rien demandé, lança-t-elle de l'intérieur.

— Miss Mertzlota, enfin ! Vous avez appelé la nuit dernière ! Ouvrez, voyons, il faut absolument que je vous parle !

Frost soupira en entendant le verrou tourner de l'autre côté de la porte. Nina entrouvrit, les yeux bouffis de sommeil. Elle faillit pousser un cri de joie et de stupéfaction en le voyant. Il l'en dissuada in extremis en plaçant un index en travers de ses lèvres.

— Ah, Miss Mertzlota ! fit-il en entrant dans la chambre. J'ai cru que vous alliez me laisser moisir dehors...

Nina recula, ahurie, tandis qu'il refermait la porte. Plaçant une main en coquille autour de son oreille, il désigna le mur d'un geste du pouce pour indiquer qu'il faisait ce manège à cause des micros. La brunette hocha la tête. Elle avait compris. Frost se présenta :

— Agent spécial Conrad Hakluyt, dépêché par le FBI à la suite de votre appel.

Sortant un bloc et un stylo à bille de sa poche, il griffonna rapidement sur son genou un mot qu'il tourna vers Nina : *Radio Moscou n'a pas encore eu confirmation de ton revirement vis-à-vis du FBI. Je suis venu ici pour l'annulation officielle.*

Elle hocha la tête.

— Avez-vous une carte, monsieur Hak... Hakk... ?

— Hakluyt, répéta Frost. Agent spécial Conrad Hakluyt. Pas très facile à prononcer, je l'admets... Voici ma carte.

Pendant que Nina faisait semblant de déchiffrer à grand-peine ses nom, prénom, âge et qualité, il continua à écrire sur son papier : *Comment ça s'est passé avec Grigori ? Il a l'air d'avoir avalé le morceau ?*

Nina prit un petit bloc de correspondance rose et répondit : *Je crois bien que oui. Mais il est du genre méfiant. Je vais devoir ouvrir l'œil.* A haute voix, elle dit :

— J'apprécie beaucoup votre diligence, monsieur Hakluyt. Mais j'ai mûrement pensé et repensé la question cette nuit. Comment dire... Vous allez peut-être me trouver bien changeante mais...

Frost, à haute voix :

— Vous hésitez ? Vous voulez plus de temps pour réfléchir ? Je ne viens pas ici pour vous bousculer.

Par écrit : *Ils vont te faire suivre.*

— C'est cela même, répondit Nina. *Oui, il y a de fortes chances.*

Si tu as un pépin, appelle-moi à ma chambre. Je suis inscrit sous le nom de Christian Van Heck.

— Je comprends, Miss Mertzlota, reprit Frost, l'air ennuyé. Je déplore votre choix mais je respecte votre liberté. Le respect de la liberté, Miss Mertzlota... C'est là toute la différence entre le pays où vous vivez et celui qui se ferait une joie de vous accueillir... *Est-ce que tu te sens menacée ?*

— Epargnez-moi le cours d'instruction civique, monsieur Hakluyt, je vous prie, répliqua Nina d'un ton mordant tout en adressant un clin d'œil charmeur à son interlocuteur. *Non, ils ne me feront aucun mal. Je suis trop précieuse maintenant qu'Aleksandr est mort. La seule chose que je redoute, c'est une tentative de rapatriement forcé au cas où ils douteraient de ma bonne foi. Essaie de me faire surveiller discrètement.*

— Je ne voulais pas vous importuner, Miss Mertzlota, simplement vous faire savoir que je reste à votre pleine et entière disposition si vous veniez à changer d'avis. *OK. Un seul homme. Mais pas moi. Il ne faut pas que je grille ma couverture.*

— C'est peu probable, Monsieur. J'ai agi sur

une impulsion stupide aussitôt après avoir appris la mort du professeur Pidzovski. Aujourd'hui, je suis revenue à mes convictions de jadis. Mon pays est et restera l'Union Soviétique.

— A votre aise. *N'en fais pas trop ! Tu vas leur mettre la puce à l'oreille.*

Nina sourit et, silencieusement, envoya un baiser vers Frost.

— Adieu, monsieur Hakluyt. Je crois que nous n'avons plus rien à nous dire. *Est-ce qu'on pourra se voir ce soir ? Grigori m'a formellement interdit toute sortie pour des motifs autres que professionnels.*

— Adieu, Miss Mertzlota... Et... croyez bien que je regrette beaucoup... *J'essaierai de trouver un subterfuge.*

— Monsieur Hakluyt ! lança la fille, comme sous le coup d'une brusque inspiration. *J'espère ! J'ai envie de toi ! Tu m'as fait tourner la tête, cette nuit. C'est à cause de toi que j'ai oublié de rappeler le FBI pour annuler.*

— Oui, Miss Mertzlota ? *Et moi, alors ? Tu ne crois pas que j'avais la tête un peu dérangée pour en avoir oublié l'ABC de mon métier ?*

— Je... J'aimerais pouvoir compter sur votre discrétion, monsieur Hakluyt..., bredouilla

Nina. *Allez, maintenant, fiche le camp, Super-Hypothalamus, sinon je vais craquer et te sauter dessus !*

Frost sourit, tendit la main, lui caressa la joue et le cou en répliquant d'un air offusqué :

— Naturellement, voyons ! Le FBI a-t-il la réputation d'être une agence de renseignements à la solde du Kremlin ? *A ce soir, baby. J'ai hâte de te faire tourner la tête...*

Nina répondit d'une petite phrase équivoque, destinée à Hank Frost autant qu'au faux agent du FBI :

— Merci, monsieur Hakluyt. Je n'en attendais pas moins de vous.

Elle ouvrit la porte et, sans le moindre bruit, déposa un baiser furtif sur les lèvres du Mercenaire. Frost lui fourra ses feuillets entre les mains après y avoir griffonné : *Brûle ça tout de suite dans ton cendrier. Et tâche de ne pas foutre le feu à la bicoque, ce serait le bouquet !*

Nina le poussa dehors et ferma la porte en se retenant de rire. Une minute plus tard, Frost ressortait de l'hôtel et se mettait en quête d'un autre taxi. Il allait arriver en retard à l'entrevue avec DePaul. Tant pis. Il n'aurait pas pu quitter Nina l'âme sereine en sachant que sa couverture était pleine de trous. Et il savait que DePaul ne lui en voudrait pas d'avoir pris du temps pour cette mise au point avec « radio Moscou ».

Machinalement, il s'épongea le front en pensant à la catastrophe qu'il venait d'éviter.

CHAPITRE V

— Alors, ricana Greg DePaul. On a eu du mal à ouvrir son petit œil, ce matin ?

Frost se laissa tomber sur une chaise de skaï vert lustrée par l'usure.

— Ouais, ça a été duraille, grommela-t-il.

Assis derrière un bureau métallique couvert d'une vilaine peinture grise écaillée, Greg DePaul le regardait, un sourire ironique aux lèvres. Le Mercenaire trouva miraculeusement son briquet et son paquet de Camel dans la première poche qu'il fouilla. Il fit rouler sous son pouce la molette de son Zippo bosselé et alluma une cigarette. Soufflant sournoisement sa fumée au nez de DePaul, qui avait oublié sa pipe à Los Angeles, il jappa :

— Qu'est-ce que c'est que ce petit sourire ?

— Rien... Rien..., murmura DePaul, l'air mi-figue mi-raisin. Je me demandais simplement si la petite Nina était aussi charmante au naturel que sur les photos. Après tout, vous avez passé près de quatre heures enfermés ensemble dans une chambre d'hôtel... Tu as dû avoir le temps de la détailler sous toutes ses coutures, non ?

Un semblant de sourire plissa le visage de Frost.

— Ne compte pas sur moi pour te faire des confidences, Greg. En tout cas, sache que ce n'est pas à cause de ce que tu penses que je suis à la bourre.

— Ah ouais ? Alors, on peut savoir pourquoi ?

— J'ai failli faire une connerie dont je ne me serais jamais cru capable.

Il raconta à l'homme de la CIA son retour précipité au *Conrad Hilton* et la mise en scène organisée avec Nina pour tromper les espions de Pradovsk. Lorsqu'il conclut son récit, sa Camel était entièrement fumée. Il la jeta sur le plancher rugueux et l'écrasa d'un coup de talon.

— Moi non plus, je ne t'aurais jamais cru capable d'un oubli pareil, confessa DePaul sans prendre de gants. Heureusement que la balade en taxi t'a amené l'inspiration. Mais qu'est-ce que tu avais dans le crâne, hier ? Du mou de veau ?

— Primo, j'étais claqué, mais ce qu'on peut appeler claqué. Deuxio, j'avais téléphoné au

SAC, comme tu dois le savoir si tu as écouté les bandes. Au fait, tu as confirmé par écrit l'ordre d'arrêter l'opération Mertzlota ?

— C'est fait, répondit DePaul.

— Tu piges ? reprit le Mercenaire. Après ce coup de fil, je crois qu'inconsciemment j'ai considéré que l'affaire était réglée du côté du FBI. J'ai... j'ai complètement oublié qu'il fallait aussi annoncer la bonne nouvelle aux gars de Radio Moscou et à notre copain Grigori Pradovsk. A propos, il ne faudra pas oublier d'inscrire officiellement aux effectifs du FBI l'Agent spécial Conrad Hakluyt. Tu penses que si les Russkoff ont une taupe quelque part à l'informatique, ils vont vérifier qu'il ne s'agit pas d'un gus bidon.

— Ça leur prendra un peu de temps. Mais sois tranquille, je donnerai des ordres. Ce soir, Conrad Hakluyt sera membre de la section locale du FBI, avec des états de services irréprochables. Pradovsk sera ravi. Alors comme ça, c'est encore lui qui est à la tête des opérations...

— Ouais, grogna Frost en posant sur le bureau gris sa paire de lunettes et sa casquette ridicule.

— Ah ! railla DePaul, tu as beaucoup plus de gueule comme ça.

Frost grimaça.

— Qu'est-ce qu'on fait pour Nina ?

— Comment ça, qu'est-ce qu'on fait ? J'attends que tu m'en dises un peu plus.

— Il faudrait la faire surveiller par un gars discret et efficace. Pradovsk va lui coller un de ses sbires aux fesses, c'est sûr.

— Et elle sait où il se cache, l'ami Pradovsk ?

— Apparemment, il fait la navette entre la Mission soviétique et une planque du côté de Grant Park. Mais je ne vois pas l'intérêt d'aller le déloger. Ce qui compte, c'est de garder un œil sur la fille et, pour l'instant, elle est seule dans sa piaule.

— OK, dit l'homme de la CIA en pressant le bouton d'un interphone.

— Oui ? répondit une voix.

— Envoyez-moi Blunders.

DePaul relâcha le bouton et tourna les yeux vers le Mercenaire.

— Et la méthode Pidzovski ? Tu as des renseignements intéressants ?

— Très intéressants, confirma l'homme au bandeau noir. Seulement, crois-moi, tu vas être déçu. Tonton Aleksandr n'a pas caché ses documents dans une consigne de gare.

— Je m'en doutais un peu, fit Greg d'un ton grinçant. Où se trouve le cocotier en bois du Japon ?

— La sacoche que Pidzovski comptait nous offrir est en Suisse.

— Je m'attendais à pire.

— *C'est* pire, grogna le Mercenaire. Les documents sont dans un coffre. Nina ne connaît ni le nom de la banque ni le numéro d'identification.

— Merde ! commenta élégamment DePaul. On l'a dans le cul !

— Attends, fit le Mercenaire d'un ton apaisant. Il y a des doubles. A mon avis, le vieux préparait son coup depuis un moment. Il a dû faire faire ce deuxième jeu pour que Nina puisse l'utiliser si elle en éprouvait le besoin. Mais quand tu sauras où il est, tu vas faire la gueule. Ça ne va pas être de la petite bière pour le récupérer.

— Tu accouches, ouais ? grogna DePaul, impatient.

Au moment où Frost allait répondre, deux cognements sourds se firent entendre à la porte. Il vit DePaul crisper les mâchoires.

— Qu'est-ce que c'est ?

— Blunders.

— Ah oui ! Entrez, aboya l'homme de la CIA.

La porte s'ouvrit sur un homme épais et enveloppé, boudiné dans un jean mal coupé et une chemisette bleu clair aux aisselles moites de transpiration. Blunders entra dans la pièce en mordant à belles dents dans une grosse pomme rouge.

— Zack Blunders, Hank Frost, dit Greg DePaul.

Frost se fit broyer les phalanges dans une poigne de titan. Il eut l'impression que le sang allait se mettre à perler au bout de ses doigts tant l'écrasement était vigoureux. Les présentations faites, Blunders se laissa tomber sur une chaise près de Frost et interrogea DePaul du regard sans cesser de manger sa pomme. En quelques mots, l'homme de la CIA lui exposa sa mission. Zack Blunders hocha une tête massive et demanda, la bouche pleine :

— Où je me la chope, votre Nina Merchlota ? Je vais l'attendre directement à l'université ou je la guette à cha chortie de l'hôtel ?

DePaul consulta sa montre et réfléchit une seconde.

— Il est une heure moins vingt. Prenez une voiture banalisée et allez vous poster discrètement devant le *Conrad Hilton*. La fille devrait faire son apparition dans trois quarts d'heure à une heure. Ouvrez bien l'œil, Blunders, et sans vous faire repérer. Il est probable que vous aperceviez un ou deux collègues soviétiques. Tenez-moi au courant. Et, naturellement, avertissez-moi en cas de mouvement suspect de la part des tovaritchs.

Avec force bruits de maxillaires, Zack Blunders assura que cha baignait dans l'huile puis il se leva pour aller exécuter sa mission. Sans nouvelle poignée de main, ce qui ne fut pas pour déplaire à Frost. Lorsque la porte fut fermée derrière le mastodonte masticateur, le Mercenaire s'informa :

— FBI, bien sûr ?

Greg DePaul hocha la tête.

— *Si, Señor,* mais, ne t'en fais pas, je connais le numéro. Rien à voir avec des Brynes ou des Dekker. Malgré son gros bide et sa tête de bison, ce type est capable de se glisser entre le papier peint et le mur quand il s'agit de se planquer. Deuxième avantage et non des moindres : si Zack Blunders te colle une baffe, même pour rigoler, tu vas rouler à dix mètres.

— Pour ça, je lui fais confiance, grogna le Mercenaire en se massant la main droite.

***

Il était une heure de l'après-midi lorsque Nina sortit de l'hôtel. Blunders venait tout juste d'arriver à son poste. Cheveux noirs tombant sur ses épaules, corsage blanc à jabot de dentelle, tailleur gris clair, classique mais pas austère, elle avait l'air d'une étudiante sérieuse. Sérieuse et très jolie. Dans la main gauche, elle portait un petit cartable de cuir fauve. Dans la droite, un plan de Chicago. Elle prit place dans le taxi que la réception lui avait appelé et ordonna :

— Faites-moi faire le tour du Loop en suivant la voie du métro aérien.

— Touriste ? demanda le chauffeur.

— En quelque sorte, acquiesça Nina.

Elle posa sa serviette près d'elle sur la banquette, l'ouvrit et en sortit une glace rectangulaire et un nécessaire à maquillage. Tout en faisant mine de se passer du mascara dans les cils à l'aide d'une petite brosse ronde, elle orienta sa glace pour surveiller la circulation assez éparse à cette heure. Elle repéra une Cadillac Fleetwood conduite par un grand escogriffe aux joues creuses, une Toyota Celica jaune conduite par une femme — mais aucune piste n'était à exclure d'emblée —, la Pacer noire de Bouladine et la Chevrolet beige de Blunders.

En vieux renard, ce dernier comprit immédiatement la manœuvre : la petite femme savante essayait de détecter une éventuelle filature. En ce qui le concernait, elle allait en être pour ses frais !

Dans le taxi, Nina, comme sous le coup d'un caprice, lança au chauffeur :

— Oh, et puis non, tiens... Faites-moi plutôt visiter Grant Park. J'ai envie de voir un peu de verdure.

— Comme vous voudrez.

Blunders s'arrêta au bord du trottoir à la seconde où le taxi braquait soudainement à gauche après avoir mis son clignotant au dernier moment. Il vit la Pacer noire effectuer la même manœuvre au prix d'un zigzag compromettant. La Celica tourna à gauche, elle aussi, mais elle avait mis son clignotant avant le taxi. La Fleetwood continua tout droit.

— Merci, poupée, murmura dans sa barbe l'homme du FBI. Tu fais le boulot à ma place...

Le carrefour se dégagea. Blunders attendit que le taxi et la Pacer aient disparu, déboîta puis, lorsque le feu passa au rouge, coupa la chaussée malgré la ligne continue et s'engagea à travers bois dans la petite voie réservée aux véhicules des pompiers et de la police. La voie réservée était bordée de haies et Blunders savait qu'on ne pouvait le voir. Il décrocha son radio-téléphone.

*
**

— A Riga... Nom de Dieu de merde..., murmura DePaul, le front barré par une ride soucieuse. Mais quelle idée lui a pris d'aller coller ses documents là-bas ?

— Probablement parce qu'il était originaire du coin, opina Frost. Même un Pidzovski a le droit de rester attaché à ses racines.

— Ouais, grommela l'homme de la CIA. Envoyer un commando là-bas ne me paraît pas tellement faisable...

— L'envoyer, si, ricana le Mercenaire. Le voir revenir entier avec les documents, ça... c'est une autre paire de manches.

Greg DePaul eut un haussement d'épaules agacé.

— Et la fille est la seule à pouvoir accéder au coffre sans faire sauter la baraque. Tout ça à cause d'un système à commande vocale à la con ! Elle t'a donné la clef, au moins.

— Non. Je n'ai même pas jugé utile de la lui demander. A mon sens, c'est elle qui doit y aller. Ça prendra le temps que ça prendra mais c'est le moyen le plus sûr de mettre la main sur les papiers. D'ailleurs, elle m'a semblé tout à fait motivée et capable de s'en sortir. Naturellement, il faudra qu'on lui apporte sur place tout l'appui nécessaire, mais en restant dans l'ombre.

— Hank, des fois, je me demande si tu es bien conscient de ce que tu dis ! Ça signifie qu'on doit faire aveuglément confiance à une gonzesse qui hier était encore communiste et qui est passée de notre côté simplemement parce que son patron s'est fait descendre !

— Personnellement, dit le Mercenaire, je lui fais confiance.

Il se gratta le menton et ajouta :

— Peut-être pas aveuglément, bien sûr...

— Ah ! Tu vois ! triompha Greg DePaul.

— Ouais, reprit Frost, railleur, je lui ferais plutôt confiance borgnement. Mais je pense que c'est lié à...

— Et tu te crois drôle ! ragea DePaul. Non mais est-ce que tu te rends compte de ce qui est en jeu ? Espèce de...

Un « bip-bip » sur le bureau métallique interrompit DePaul dans sa recherche d'épithètes.

— Ah, tu as Spoutnik sur les ondes, remarqua le Mercenaire.

DePaul pressa une touche et la voix de Blunders se fit entendre dans la pièce :

— Vous me recevez, DePaul ?

— Cinq sur cinq.

— Elle est en train de nous promener pour dépister la filature. Je suis dans Grant Park dans l'allée des flics. Si je continue tout droit, je vais me retrouver devant le taxi d'ici environ un kilomètre. Je me laisserai dépasser. Encore faut-il que la Miss n'ait pas l'idée de changer une fois de plus d'itinéraire.

— Bien joué, Zack.

— Ce n'est pas encore tout cuit. Elle a l'air futé. Elle m'a déjà permis de repérer le Russe qui la suit. Un petit brun hirsute dans une Pacer noire. Normalement, elle doit l'avoir repéré, elle aussi. Qu'est-ce que je fais ?

— Continuez, Zack.

— Si je la perds ?

— Allez l'attendre à l'université. Je ne peux rien vous dire de mieux.

— Vous ne pouvez pas envoyer quelqu'un pour assurer l'arrière-garde ?

— Pas pour le moment. D'ailleurs, tant qu'elle se contente de les promener, les Soviétiques n'ont aucune raison de tenter quoi que ce soit contre elle.

— OK. Comme vous voudrez.

— Tenez-moi au courant, Zack.

DePaul coupa la communication. Frost commenta :

— C'est super, ta petite radio. Ça gomme les défauts de prononciation.

— Quel défaut ? s'étonna l'agent secret.

— Celui de ton gros type. Tout à l'heure, il parlait comme cha. A la radio, ça ne s'entend pas.

— Patate ! C'est simplement parce qu'il a fini de bouffer sa pomme.

***

Nina Mertzlota sourit, satisfaite, et rangea sa petite glace dans sa serviette. Elle était sûre, maintenant que la voiture qui la suivait était cette Pacer noire. Elle se pencha en avant pour jeter un coup d'œil à le pendule du tableau de bord. Une heure seize. A peine plus d'un quart d'heure pour repérer la filature. Elle pouvait être satisfaite... Mais où était l'homme promis par Hank ?

Elle réfléchit un moment tandis que le taxi poursuivait sa ronde dans le grand espace vert. Elle était sortie de l'hôtel beaucoup plus tôt que prévu. Si Hank avait commandé un homme à la police américaine, peut-être n'était-il même pas encore arrivé devant la porte du *Conrad Hilton ?* Il fallait l'avertir. Comment ? Un coup de fil, tout bêtement. Après tout, ce vilain petit bonhomme pouvait bien la voir entrer dans une cabine, il ne saurait jamais qui ellc appellerait ni ce qu'elle dirait. Si, plus tard, Grigori la questionnait, elle répondrait qu'elle avait pris un rendez-vous chez le coiffeur. Une heure dix-huit. Elle avait un bon moment à griller avant le début de la séance de travail. Il faisait beau.

Elle irait se promener sur le campus en mangeant un sandwich. Ça allait donner un peu d'exercice à son ange gardien...

Mais, d'abord, téléphoner à Hank.

— Conduisez-moi à l'université, dit-elle.

« Quelle girouette, cette fille », songea le conducteur. Mais il était là pour conduire les clients où ils le désiraient. Gardant ses réflexions pour lui, il prit la direction du South Side.

La circulation devenait plus dense dans le centre de Chicago et il dut ralentir. Un quart d'heure passa environ puis, avisant une cabine téléphonique, Nina lui demanda de s'arrêter. L'homme obtempéra et l'attendit en bordure de trottoir.

Nina descendit de voiture et se dirigea vers la cabine. Elle était sereine. Elle savait qu'on ne tenterait rien contre elle dans cette rue bondée. Du coin de l'œil, elle vit la Pacer s'arrêter une centaine de mètres derrière le taxi. Elle sourit en elle-même. Elle ne vit pas la Chevrolet beige de Blunders qui s'arrêtait à environ deux cents mètres de la Pacer.

La brunette entra dans la cabine, glissa quelques pièces dans la fente de l'appareil et appela le *Conrad Hilton*. Elle donna le faux nom sous lequel Hank avait pris sa chambre :

— Je voudrais parler à M. Van Heck, s'il vous plaît.

— Un moment, je vous prie.

Nina patienta, puis la voix de l'employée annonça :

— La clef de M. Van Heck n'est pas au tableau mais sa chambre ne répond pas.

— Il a dû oublier de rendre sa clef avant de sortir.

— Voulez-vous laisser un message ?

Nina hésita. C'était peut-être risqué de laisser un message. Mais non. Elle n'avait qu'à s'exprimer en termes suffisamment vagues.

— Oui. Dites-lui que Nina a un seul chien de garde en ce moment et qu'elle aimerait beaucoup en avoir deux.

— Très bien. Ce sera fait dès son retour.

Satisfaite, Nina sortit de la cabine et regagna son taxi.

— A l'université, maintenant, dit-elle. La promenade touristique est terminée.

*
* *

Pour la deuxième fois, le signal d'appel tinta dans le bureau de Greg DePaul.

— Je suis dans le quartier Saint-Paul, annonça Blunders. La fille vient de faire arrêter son taxi. Elle va vers une cabine de téléphone. Elle passe un coup de fil.

— Merde, grommela le Mercenaire. Je parie que c'est moi qu'elle essaie de joindre. J'espère qu'il n'est pas arrivé une tuile.

— Quoi ? demanda Blunders.

— Rien. C'est Frost qui parle. Et le type à la Pacer ?

— Il est arrêté à une centaine de mètres du taxi. Je le vois fouiller dans son vide-poches. Il braque un cylindre noir vers la cabine. Ça ressemble à une... Oh, nom de Dieu ! Ils sont équipés, les enfoirés !

DePaul s'impatienta.

— Qu'est-ce que c'est, bon Dieu ?

— Un micro-canon. Il est en train d'écouter la conversation de Nina Mertzlota.

— Qu'est-ce qu'elle dit ?

— Hé, DePaul ! Vous êtes bien réveillé, ou quoi ? Elle est à plus de trois cents mètres dans une cabine vitrée. Vous croyez que je peux lire sur ses lèvres à cette distance ?

— Qu'est-ce qu'elle fait ? cria le Mercenaire, suffisamment fort pour être entendu de Blunders.

— Ça y est. Elle a fini de parler. Elle raccroche. Elle rejoint le taxi. La voiture repart. Qu'est-ce que je fais ? Je la suis ou j'attends que le Popov décolle ?

— Surveillez le Russe, ordonna Greg DePaul. Nina, on sait où elle va. On la retrouvera toujours à l'université.

— Il ne bouge toujours pas. Bizarre, il a l'air d'attendre que le taxi ait disparu. Ah, ça y est ! Oh, la vache, mes aïeux, mon petit doigt me dit que votre gonzesse vient de faire une connerie en passant ce coup de fil !

— Qu'est-ce qui se passe, nom de Dieu ? hurla l'homme au bandeau noir.

— Il se passe que le Bolchevique est en train de bigophoner à son tour. J'ai l'impression que ça sent le roussi !

*
**

Ivan Krassolniki et Piotr Grassoutov étaient en train de passer un très mauvais quart d'heure. Rouge de fureur, les mains croisées dans le dos, Grigori Pradovsk marchait dans un va-et-vient saccadé devant les deux hommes figés comme au garde-à-vous au centre de la pièce.

— Imbéciles ! Incapables ! Eliminer un savant de la valeur de Pidzovski ! Mais qu'est-ce que vous avez dans le crâne ? Si je m'écoutais, je vous ferais passer tous les deux dans l'effilocheuse à papier !

Rassemblant tout son courage, Krassolniki

s'insurgea. Il savait qu'ils risquaient gros. Alors autant charger Piotr.

— Je voulais l'empêcher de tirer, camarade Pradovsk. Ma parole ! Mais cette espèce de fou sanguinaire m'a surpris. Et encore, sans moi, il descendait aussi la fille.

— Espèce de sale faux jeton, cracha haineusement le petit homme au crâne tondu.

— La fille, je m'en fous ! glapit Pradovsk, hors de lui. C'était Pidzovski qu'il fallait me ramener ! Et vivant ! Ah mais, vous allez voir la belle vie que vous allez avoir ! Mutation en Sibérie jusqu'à la fin de votre carrière !

Krassolniki ne put réprimer un frisson d'effroi qui fit naître un sourire cruel sur les lèvres de Pradovsk. A cet instant, le timbre aigrelet du téléphone retentit dans la pièce. Le capitaine du KGB décrocha et aboya :

— Qu'est-ce que c'est ?

— Leonid Bouladine à l'appareil.

— Où es-tu ?

— Près de Saint-Paul. Mertzlota vient de téléphoner à son hôtel. Elle a demandé un certain M. Van Heck. Absent. Elle a laissé un message. Je te le répète textuellement : *Nina a un seul chien de garde en ce moment et elle aimerait beaucoup en avoir deux.*

— La salope ! La pouffiasse ! rugit Grigori

Pradovsk. Elle avait un contact dans l'hôtel même. Elle t'a repéré et elle réclame l'aide des flics américains !

— Qu'est-ce que je fais ? demanda Bouladine.

— Tu fonces à l'université sans t'occuper d'elle. On te rejoint là-bas pour lui préparer un gentil comité d'accueil. Que ça lui plaise ou non, la camarade Nina Mertzlota va oublier ses rêves de vie capitaliste et regagner Moscou par colis postal...

Pradovsk raccrocha avec une brutalité totalement inutile et se tourna vers les hommes qu'il était en train de savonner un instant plus tôt.

— Ivan ! Piotr ! Vous avez l'occasion de gagner votre rachat. Vous foncez à l'université dans le South Side et vous me cueillez Nina en douceur. Et, cette fois, pas de bavures, je vous le conseille ! Je la veux vivante et sans une égratignure ! Si Nina disparaît, c'est tout un aspect de notre politique de réduction de la dissidence qui s'envole en fumée. Ivan, tu passes à l'infirmerie prendre un soporifique pour qu'elle se tienne tranquille. Piotr, tu t'occupes des véhicules et des armes. Vous prendrez des motos pour aller plus vite. Vous les laisserez sur place. Elles ne sont pas compromettantes. Vous rentrez avec Leonid et la fille dans la Pacer. J'appelle Vassili pour lui ordonner de vous prêter main-forte. Exécution !

Les deux hommes déguerpirent instantanément, tout à fait décidés à faire du zèle et à donner satisfaction à leur chef.

CHAPITRE VI

Blunders était toujours en communication avec le bureau de Greg DePaul.

— Tartinovitch remonte dans sa bagnole et démarre comme un fou. Je le suis en essayant de ne pas me faire voir.

— Restez en communication, Blunders ! cria Frost.

— OK.

Un rugissement de moteur fit vibrer le haut-parleur. Puis la voix de Zack Blunders s'éleva à nouveau, beaucoup moins distincte dans le vacarme :

— Il fonce comme un malade en zigzaguant entre les voitures. Impossible de lui coller au train sans qu'il me repère aussitôt. J'essaie de le garder à l'œil mais je ne sais pas si j'y arriverai jusqu'au bout. Il suffit d'un feu rouge, et c'est cuit.

— Faites de votre mieux ! cria DePaul.

— Il double le taxi sans s'en occuper. Je crois que la fille ne l'a pas vu. Ils sont sur des voies éloignées et elle regarde de l'autre côté. Je vous parie vingt-cinq dollars contre un petit pois surgelé qu'ils vont organiser une réunion sur le campus.

— Suivez-le, Zack. On arrive !

DePaul raccrocha. Le Mercenaire s'était levé. Il alluma nerveusement une Camel et s'informa :

— Tu demandes des renforts au chef de la police ?

— Tu rigoles, non ? S'il y a du suif, ça sera déjà assez difficile de tenir la presse à l'écart avec simplement toi, Blunders et moi dans le coup. Si on fait intervenir les flics, je peux te garantir que, dans les quarante-huit heures, la terre entière sera au courant de la Terre de Feu jusqu'au Vatican en passant par Le Cap et Reykjavik !

Le Mercenaire était bien obligé d'admettre qu'il avait raison.

— Pradovsk a dû donner l'ordre de kidnapper Nina. A trois, on va avoir du mal.

— Ils n'ont pas beaucoup de moyens, ici, murmura Greg DePaul. On n'est pas à Washington ni à New York. Et puis, s'ils veulent être discrets, ils feront comme nous. Ils ne viendront pas à plus de trois ou quatre.

— Trêve de bla-bla ! trancha le Mercenaire en s'élançant vers la porte. Allons-y si on ne veut pas louper le coche.

*
**

En arrivant sur le parking du campus, Zack Blunders aperçut la Pacer noire qui filait se garer tout au fond derrière une haie de voitures. Il était pratiquement sûr de ne pas s'être fait repérer et poursuivit tout droit. Il arrêta sa Chevrolet au bord de la route et attendit. Une minute plus tard, le taxi déposait Nina Mertzolta, qui descendit et tourna la tête en tous sens, visiblement étonnée de ne plus retrouver son ange gardien. Elle haussa les épaules puis se dirigea immédiatement vers les bâtiments de l'université.

Blunders n'hésita pas. Il attrapa son revolver dans la boîte à gants, le glissa à l'intérieur de son pantalon, enfila rapidement un blouson totalement déplacé sous le soleil qui chauffait le campus et s'élança sur les traces de la fille. Elle avait déjà franchi les grilles lorsqu'il la rejoignit. Elle se retourna, étonnée, en entendant le bruit de course et le souffle haletant dans son dos.

— Miss Mertzlota, murmura Blunders. FBI. Suivez-moi, vous êtes en danger !

FBI... Nina se rappela le coup de fil de Hank aux responsables du Bureau Fédéral. Le FBI ne devait plus participer à cette affaire. Elle se mit à courir. Blunders l'agrippa par la manche de son tailleur, écarta les pans de son blouson pour lui montrer son revolver et lança :

— Pas le temps de finasser. Venez avec moi. Je vous expliquerai plus tard.

Sous le coup de la peur, la Soviétique se laissa entraîner vers la voiture. Puis elle se ressaisit.

— Laissez-moi ou je crie !

— Ne faites pas l'idiote ! jappa Blunders. Il y a un homme du KGB dans ce parking. Il vous guette.

Mais Nina hurla :

— A l'aide ! Au secours ! On m'enlève !

La Chevrolet était encore à une dizaine de mètres et la fille se débattait comme une diablesse. Blunders commençait à sentir la sueur lui tremper le front. D'une brusque détente, Nina parvint à lui échapper. Il la rattrapa vivement et la plaqua contre lui pour l'immobiliser. Mais elle continuait à crier.

— Fermez-la, bon Dieu !

Et l'inévitable se produisit. Un étudiant baraqué sortit du parking et approcha en roulant des mécaniques.

— Alors, l'ancien ! lança-t-il avec arrogance.

On fait des misères aux demoiselles. Lâche-la ou je te...

Le garçon n'acheva pas sa menace. Il venait d'arriver à la bonne distance et Blunders lui expédia son poing gauche à la pointe du menton. Deux de ses camarades qui arrivaient à la rescousse s'immobilisèrent en le voyant effectuer un vol plané sur le dos et s'écrouler lourdement dans l'herbe qui bordait le trottoir.

Blunders et Nina venaient d'atteindre la voiture mais la fille ne voulait pas monter et, malgré sa robustesse, Blunders ne parvenait pas à l'y contraindre. Il allait être obligé de l'assommer. Il leva un poing énorme puis vit le petit visage frêle, le nez fin, les grands yeux noirs terrifiés levés vers lui. Non. Zack Blunders déglutit péniblement. Il se sentait capable de beaucoup de choses mais pas d'assommer cette poupée. Et d'abord, où frapper sans risquer de la défigurer ?

Il hésita une seconde de trop. Au moment où il levait le poing pour la deuxième fois, Bouladine arrivait sur le trottoir, attiré par les cris. Il les repéra aussitôt et dégaina son Tokarev.

— Regardez ! cria Blunders en tendant le doigt vers la sortie du parking.

Nina tourna la tête. Elle reconnut immédiatement le petit homme hirsute qui l'avait suivie et s'engouffra dans la Chevrolet, pendant que

Blunders faisait le tour de la voiture pour sauter au volant. Avant de démarrer, il décrocha le radio-téléphone et hurla :

— Maniez-vous, nom de Dieu ! Je suis devant l'université. J'ai la fille dans la voiture et un Popov armé sur le dos !

Il lança le micro à Nina et fit partir le moteur tandis que DePaul répondait :

— On arrive ! On est à moins d'une minute. Tenez le coup, Zack.

La Chevrolet partit dans un rugissement de pneus. Un premier coup de feu claqua et le projectile ricocha sur le toit avec un bruit de gong.

— Faites gaffe à Nina ! cria la voix du Mercenaire dans le haut-parleur.

Blunders ne prit même pas son revolver. Il était incapable de tirer en tenant le volant. Encore quelques secondes et il serait hors d'atteinte des balles de Bouladine. Il sentait tous les muscles de sa jambe droite tendus pour écraser l'accélérateur. Puis un autre coup de feu claqua, suivi, presque instantanément, d'une violente explosion à l'arrière de la Chevrolet.

— La tuile ! rugit Blunders. Il a eu un pneu.

La grosse voiture fit une embardée puis un tête-à-queue magistral et s'immobilisa, les deux roues de droite coincées contre le bord du trottoir. Blunders enclencha la marche arrière.

Rien à faire. La transmission avait dû en prendre un coup.

Bouladine accourait, le Tokarev à la main, hésitant à tirer pour ne pas tuer Nina Mertzlota. Dès le premier coup de feu, tous les étudiants avaient déguerpi vers le parking. Le champ était libre. Blunders empoigna son revolver tout en criant à Nina :

— Sortez vite ! La voiture vous cache. Allez vous dissimuler dans le bois.

Nina ouvrit sa portière et fila au moment où deux motards arrivaient à toute allure. Blunders ne comprit que lorsqu'il vit l'un des hommes braquer à gauche, s'engager sur le trottoir au risque de mettre sa machine en pièces et foncer dans le bois, soulevant des gerbes de terre grasse, pour couper la route à Nina.

Blunders sortit de la voiture et ouvrit le feu. Mais l'autre motard arrivait sur lui. La roue avant le percuta de plein fouet et l'expédia cinq mètres en arrière. La route se mit à tanguer sous lui comme un hamac. Le motard sauta de sa machine.

A demi groggy, Zack Blunders tenta de l'ajuster et tira. Un claquement sec lui fit comprendre qu'il avait atteint quelque chose. Sa balle avait ricoché sur le casque, qui alla rouler jusque dans le sous-bois, laissant apparaître un crâne couvert d'une brosse de quelques millimètres. Piotr Grassoutov chancela mais parvint à conserver son équilibre. Serrant les dents, il se jeta sur la sacoche de sa moto et en sortit un Kalashnikov. Zack Blunders essaya de tirer à nouveau sans y parvenir. Une douleur abominable lui ravageait le dos. Il devait avoir quelque chose de cassé dans la colonne vertébrale. Sa tête retomba lourdement sur l'asphalte.

Sa dernière vision fut celle de Piotr Grassoutov, campé au-dessus de lui, Kalashnikov en main, rictus démoniaque sur les lèvres. Il entendit encore la déflagration puis son crâne explosa, répandant une matière glaireuse sur la chaussée.

Dans le bois, Ivan Krassolniki avait, lui aussi, abandonné sa moto pour donner la chasse à Nina. Il la rejoignit sans peine, l'empoigna par les cheveux et l'expédia dans l'inconscience d'une petite manchette à la base du cou.

Bouladine avait récupéré la Pacer pour la fuite. Il sortit du parking au moment où la Dodge de Frost et de DePaul arrivait devant l'université à une allure d'enfer. L'homme de la CIA donna un brutal coup de volant sur la gauche mais ne parvint pas à éviter le véhicule noir vitré qui explosa comme une boule de Noël.

Bouladine fut tué sur le coup. DePaul s'assomma en donnant du menton sur le volant. Frost, lui, avait eu la bonne idée de boucler sa ceinture. Il se sentit propulsé en avant. Il eut l'impression que sa poitrine s'écrasait sous la pression de la ceinture. Le choc lui fit expulser tout l'air qu'il avait dans les poumons. Son breakfast lui remonta jusqu'à la gorge puis, brusquement, le contre-choc le réexpédia vers le dossier, contre lequel il se sentit plaqué par une force titanesque.

Il coupa le contact. A sa gauche dans le bois, Krassolniki avait jeté Nina comme un sac sur son épaule et remontait vers la route où l'attendait Grassoutov.

Les deux hommes s'immobilisèrent au bruit de la collision. Frost s'ébroua pour remettre de l'ordre dans ses idées ébranlées par l'accident. Il déboucla sa ceinture, dégaina son couteau Gerber et s'élança. Pas question de risquer un coup de feu, de peur de toucher Nina. Piotr Grassoutov n'avait pas ce problème. Il tira deux projectiles qui obligèrent le Mercenaire à se jeter au sol.

Il releva prudemment le nez. Ivan Krassolniki s'enfuyait, Nina sur l'épaule. Piotr Grassoutov approchait avec son Kalashnikov. Dans un réflexe de survie, Frost inventa une ruse pratiquement sans y réfléchir. Il se redressa soudainement, un genou au sol, et rejeta le bras loin derrière sa tête, imitant le geste du lanceur de grenade.

Dans la seconde, Grassoutov fut à plat ventre. Lorsqu'il comprit le stratagème et se releva, l'homme au bandeau noir était sur lui.

Lancé de tout son élan, Frost chargeait, le couteau Gerber pointé en avant. Grassoutov réagit in extremis. Rassemblant toute son énergie, il redressa le canon de son arme. Frost l'agrippa par le col de son blouson pour le déséquilibrer. Au même instant, le coup partit. Frost eut l'impression qu'un tisonnier rougi à blanc lui transperçait la jambe gauche. Il tomba en arrière, entraînant avec lui Grassoutov, qu'il tenait toujours par le col. Il sentit le choc mou du corps qui s'effondrait sur lui puis cessa de voir, aveuglé par le sang du petit Soviétique qui s'était empalé sur la lame effilée de son couteau.

Etendu sur le dos, Frost sentait le sang ruisseler sur sa saharienne, sa chemise, son pantalon. Son sang. Le sang de Piotr Grassoutov, qui expira dans un râle gargouillant. Des cognements sourds lui martelaient le crâne. Il sentait ses forces s'échapper, savait qu'il allait s'évanouir. Il entendit des cris, des bruits de moteur, des claquements de semelles sur le sol.

Mais il était aveugle. Il ne vit pas la Pontiac blanche conduite par Vassili Konstantinovitch arriver à point nommé. La voiture se rangea le long des arbres, à environ cinq cents mètres de l'endroit où la Dodge avait percuté la Pacer. Konstantinovitch ouvrit la portière arrière gauche. A bout de souffle, Krassolniki se précipita, jeta Nina inanimée sur la banquette et s'engouffra dans le véhicule.

Aussitôt, le gorille frisé repartit, emportant Ivan Krassolniki et Nina Mertzlota vers une destination connue de lui seul.

CHAPITRE VII

La petite scie à découper approcha du crâne de Frost et attaqua l'os avec précision. L'estomac contracté, la peau hérissée par la chair de poule, le Mercenaire sentit les petites dents métalliques mordre dans sa boîte crânienne avec un bruit glaçant qui s'irradia dans tout son corps. « Bzziing ! Bzziing ! » Il s'entendit murmurer :

— Non, Nina ! Non, je t'en prie ! Tu ne vas pas faire ça ! Pas à moi !

Vêtue d'une blouse blanche, les cheveux enroulés à l'intérieur d'un bonnet, Nina se pencha au-dessus de lui. Un sourire éclaira son joli visage.

— Ne sois pas inquiet, Hank, susurra-t-elle d'une voix apaisante. Tout va bien se passer, tu verras.

Frost se débattit mais il était solidement ligoté à la table d'opération.

— Nina... Je t'en prie...

Mais le petit bruit affreux de la scie à découper se remit à vibrer dans son crâne. « Bzziing ! Bzziing ! » Du coin de l'œil, il voyait, alignés sur un plateau d'inox, les scalpels effilés comme des rasoirs qui, taillant dans son cerveau, allaient le transformer à jamais en un mouton soumis.

Nina continuait à lui parler tendrement :

— Toi aussi, tu vas bêler avec les autres, mon amour. Tu vas voir, nous serons heureux. Nous aurons une vie merveilleuse.

Son sourire s'élargissait à mesure qu'elle tronçonnait le crâne du Mercenaire. Le projecteur aveuglant lui faisait des dents immenses d'une couleur vert-jaune phosphorescente. Et le bruit insupportable continuait sans relâche. « Bzziing ! Bzziing »

— Non ! hurla Frost.

Et, brusquement, il se retrouva assis dans son lit, le corps ruisselant de sueur. Trois mois, déjà, que Nina avait été enlevée devant l'université de Chicago, et il faisait encore ce cauchemar affreux. Il attrapa le drap pour s'éponger le visage. Mais... Le bruit ? Le bruit continuait.

Tout à coup Frost comprit qu'il avait associé la sonnerie du téléphone au grincement horrible de la petite scie. Il tendit le bras, saisit le combiné dans le noir et lança d'une voix encore lourde de sommeil :

— Oui ?

— Salut, beau gosse ! fit Greg DePaul d'un ton jovial. Comment va ta cuisse ?

La blessure provoquée trois mois plus tôt par la balle de Piotr Grassoutov n'était plus sur le corps de Frost qu'une cicatrice parmi les autres. Il consulta le cadran lumineux de sa Rolex et grogna furieusement :

— Et toi, comment va ta sœur ? J'espère que ce n'est pas pour prendre des nouvelles de ma santé que tu me réveilles à quatre heures du matin !

Un grand éclat de rire se fit entendre au bout du fil !

— Dans un sens, si. J'ai du boulot pour toi.

— Sans blague !

— Si je te proposais une petite excursion au pays de la vodka, ça te tenterait ?

— En URSS ! Ça va pas, la tête ?

Nouvel éclat de rire.

— Même si je te disais qu'une certaine Nina t'attend là-bas ?

— Non ? murmura le Mercenaire. Elle a donné de ses nouvelles ?

— On ne peut rien te cacher, ricana Greg DePaul. En fait, notre ambassade à Moscou a reçu un message de sa part porté par un collègue. Elle a d'abord été internée dans un hôpital psy. Mais apparemment, ils ne l'ont pas trop bousillée. Ils ont besoin d'elle, hé hé. Elle a maintenant fait semblant de reprendre les travaux de Pidzovski. L'eau a coulé sous les ponts depuis le coup que nous a joué notre ami Pradovsk, et...

— Celui-là, si je le tenais ! coupa le Mercenaire.

— Justement, il est à Moscou. Le territoire des Etats-Unis devenait un peu trop malsain pour lui.

DePaul marqua un court silence et enchaîna :

— Comme je te disais, l'eau a coulé sous les ponts et Nina a un peu plus de liberté de mouvement. Son idée est de se réfugier à l'ambassade des Etats-Unis. Ensuite, avec notre aide, elle ira chercher ce que tu sais à Riga. Cette aide sera forcément très limitée pour la bonne raison qu'on ne peut pas envoyer un régiment traverser mille kilomètres de territoire soviétique. Comme par hasard, Nina Mertzlota a proposé un nom : le tien.

— C'est complètement dément ! s'exclama Frost dans l'obscurité de son appartement d'Atlanta.

— C'est risqué, aucun doute. Mais la fille fait dire qu'elle n'y arrivera jamais seule. Pour nous, le jeu en vaut la chandelle. Nos responsables au plus haut niveau m'ont donné leur accord pour que je tente le coup.

— Ouais, grogna le Mercenaire, qu'est-ce qu'ils risquent, au fond ? D'avoir deux cadavres de plus sur la conscience. Le mien et celui de Nina.

— Je savais que la promenade te tenterait. Et il y a plein de beaux billets verts à gagner.

— Le fric... Le fric... Vous n'avez que ce mot-là à la bouche ! OK. Tu as de la chance que je sois libre et célibataire en ce moment. Je saute dans un pantalon et j'arrive.

Pour la troisième fois, DePaul éclata de rire.

— Ne te bouscule pas trop, Pégase ! Prends quand même le temps d'avaler un jus avant de partir. Je suis à Washington !

DePaul indiqua ses coordonnées puis Frost raccrocha, alluma la lampe de chevet et commença ses préparatifs.

*
**

Mortimer Crane était un homme élégant, affable et auréolé d'une indiscutable prestance. Seule fausse note chez ce diplomate de cinquante-cinq ans, honorable correspondant de Greg DePaul à l'ambassade des Etats-Unis à Moscou : la perruque dont il jugeait bon de couvrir son crâne chauve.

« Peut-être à cause de la rigueur des hivers soviétiques », songea le Mercenaire en dissimulant un sourire. Il était arrivé une heure plus tôt, muni d'un passeport diplomatique aussi faux qu'un billet de trois dollars. Nina devait franchir les grilles de l'ambassade le lendemain matin à dix heures. Le départ pour Riga était prévu pour le même jour à la nuit tombée.

— Comprenez-vous ? disait l'élégant Mortimer Crane, plus cette jeune femme et vous-même repartirez rapidement, moins nos chers collègues soviétiques risqueront de comprendre qu'elle a filé grâce à notre aide.

— Ça va de soi, admit le Mercenaire. Comment Nina Mertzlota va-t-elle entrer ici ?

— En limousine, répondit Crane avec un petit sourire.

— Pardon ?

— Dans le coffre, précisa le diplomate. C'est un moyen très sûr. Je ne dirais pas que nous le pratiquons tous les jours, mais cela arrive encore assez souvent. L'essentiel étant de ne pas se faire remarquer au moment de l'embarquement.

Frost sourit. Ce Crane l'amusait. Le diplomate avait un chic digne d'un Britannique pour parler d'opérations illégales sans se départir de sa réserve et de sa dignité. Mais en y trouvant visiblement une profonde satisfaction. Mercenaire alluma une Camel.

— Vous fumez ? s'enquit-il.

— Non, mais ne vous gênez pas pour moi. Ça ne me dérange pas.

Cette façon de lui accorder une permission qu'il n'avait pas demandée faillit faire pouffer l'homme au bandeau noir. Crane sortit de son tiroir une boîte de pastilles de menthe. L'air profondément absorbé, comme si chacune de ces pastilles, pourtant toutes semblables, avait une spécificité propre, il en choisit une avec le plus grand soin et se la glissa entre les lèvres. Il referma ensuite la boîte, qu'il rangea dans son tiroir, puis s'essuya les doigts dans un petit mouchoir blanc. Fasciné par ce formidable cérémonial, Frost garda le silence. Il ne reprit la parole que, lorsque, croisant les doigts sur son sous-main de buvard vert, Crane l'y invita :

— Je suppose que vous brûlez de connaître les plans que nous avons élaborés afin de vous permettre d'atteindre Riga puis de quitter l'URSS avec Miss Mertzlota et ses précieux documents ?

— C'est exact, confirma le Mercenaire en tirant sur sa Camel. Dans un premier temps, je pense que nous sortirons d'ici en utilisant le même procédé que pour l'entrée de Nina.

Crane acquiesça d'un hochement de tête.

— Ne vous inquiétez pas. Le coffre est spacieux et spécialement aménagé.

Un sourire plissa le visage tanné de Hank Frost.

— Oh, je ne m'inquiète pas... Ce que je me demande, c'est comment et où nous allons quitter ce coffre.

Mortimer Crane suçota un moment sa pastille de menthe avant de répondre :

— Il serait beaucoup trop compromettant de confier l'opération d'exfiltration des documents et de la jeune scientifique à nos services secrets, vous en conviendrez, capitaine Frost.

— Certes, j'en conviens, assura le capitaine Frost, amusé. Si nous échouons quelque part et que nous nous faisons prendre en compagnie d'agents de la CIA, ça risque de porter un rude coup aux efforts de détente.

— Heureux de voir que vous en êtes conscient, apprécia le diplomate. Nous avons imaginé un dispositif de relais qui vous conduit jusqu'à deux cents kilomètres de Riga. Au-delà, il nous a été impossible de prendre des contacts.

— C'est déjà pas mal, fit le Mercenaire. Il faudra qu'on soit en mesure de faire la dernière étape d'une seule traite. Le plus difficile sera probablement d'entrer dans la ville pour prendre les documents mais ça... il faudra élaborer une stratégie avec les informations que nous donnera Nina Mertzlota.

Crane approuva d'un hochement de tête.

— Et pour quitter Riga ? s'informa le Mercenaire. La mer, je suppose...

— Cela va de soi. Un sous-marin vous attendra dans la Baltique. Vous aurez un émetteur miniaturisé et un code pour le contacter. Je ne vous cache pas que le trajet jusqu'au submersible sera probablement l'une des épreuves les plus pénibles de votre équipée.

Le mot « submersible » fit sourire Frost, qui tira une dernière bouffée de sa cigarette avant de l'écraser dans un minuscule cendrier de cristal.

— Et ces relais qui jalonneront notre route ?

Mortimer Crane s'éclaircit la voix avant de répondre.

— Eh bien, soupira-t-il, j'aurais aimé vous proposer autre chose. Malheureusement — et croyez bien que je le déplore —, le seul réseau opérationnel que nous ayons pu trouver dans ce pays est celui des distilleries clandestines.

— C'est du joli ! railla Frost, hilare. Les services secrets américains s'acoquinent avec les hooligans soviétiques !

Il vit que Mortimer Crane faisait un effort pour ne pas rire.

— Ce ne sera pas sans présenter un certain nombre de risques, enchaîna l'homme en ajustant sa perruque qui avait une fâcheuse tendance à opérer un glissement sournois vers la gauche. Certes, nous les avons très généreusement soudoyés pour obtenir leur coopération mais, bien évidemment, on ne sait jamais jusqu'à quel point on peut accorder sa confiance à ce genre de... de tristes sires.

Frost opina du bonnet, l'air convaincu.

— Il faudra bien faire avec ce qu'on a sous la main. Et puis, vous savez, Mr Crane, j'ai l'habitude des durs.

— J'imagine, dit Crane en redressant sa perruque qui, déçue par la gauche, opérait maintenant un glissement à droite. Je me suis laissé dire que vous aviez commandé des troupes de mercenaires qui ne devaient parfois pas être plus faciles à tenir que des bandits de grands chemins.

— N'exagérons rien, répliqua l'homme au bandeau noir.

Il n'aimait pas entendre les gens comme-il-faut traiter de voyous les mercenaires payés par leurs gouvernements pour effectuer les tâches dangereuses que personne d'autre n'accepterait. Lui savait les qualités qu'il fallait avoir pour gagner sa vie au risque de la mort.

— Il y a beaucoup de distilleries clandestines dans le pays ? demanda-t-il.

Crane sourit.

— Suffisamment pour vous héberger, en tout cas. Ce genre d'activité connaît un essor florissant depuis que le gouvernement a pris des mesures draconiennes pour lutter contre l'alcoolisme.

— Ça fait un peu penser à ce qui se passait chez nous à la belle époque de la Prohibition.

— On n'en est pas encore là. Vous qui connaissez Miss Mertzlota, croyez-vous qu'elle puisse avoir une réaction, disons... négative en apprenant qu'elle devra dépendre de ces voyous ?

Sacré Mortimer ! Prévenant avec ça...

— Je ne pense pas qu'elle sera enchantée, répondit Frost en gardant son sérieux, mais j'ai pu observer qu'elle avait de remarquables facilités d'adaptation.

— Une jeune femme... Avec son niveau d'instruction... J'avoue que ça me tracassait.

— Elle s'y fera, n'ayez crainte, assura l'homme au bandeau noir.

Crane le fixa longuement, droit dans sa prunelle gris-vert, puis poursuivit :

— Votre dernière étape sera une petite exploitation agricole privée ; il y en a quelques-unes dans le pays. Cela vous changera d'ambiance. Pour le reste, vous voyagerez de distillerie en entrepôt en vous faisant héberger, nourrir et parfois même transporter par les bootleggers. Nous n'avons pris des dispositions que pour les grandes lignes du parcours. Pour les détails pratiques, ce sera à vous de vous organiser avec vos hôtes. Je pense que c'est préférable. Miss Mertzlota vous servira d'interprète. Bien évidemment, vous partirez avec une grosse somme d'argent. Tout service a son prix. Les trafiquants d'alcool ne sont pas des philantropes.

— Dangereux de se promener chez les truands avec beaucoup d'argent.

— Je sais bien mais nous n'avons pas le choix. Par ailleurs, je vous sais capable de vous défendre.

Frost eut une moue modeste et se mit à triturer sa grosse moustache.

— Et vous prévoyez combien de temps pour cette joyeuse promenade ?

— Difficile à dire. En octobre, les congères rendent parfois les routes impraticables. On peut passer des heures à déblayer quelques kilomètres de chaussée. Tout dépendra des conditions atmosphériques. En revanche, le mauvais temps présente un avantage. Hormis les convois militaires et les transports clandestins, pratiquement personne ne prend la route. Cela réduit les risques de mauvaises rencontres.

— Il est vrai qu'un convoi de camions, ça s'entend de loin. Ce qui m'intéresse, c'est de savoir combien de temps le sous-marin attendra en mer Baltique. L'idée d'arriver trop tard à Riga et de rater le bus ne m'enthousiasme pas.

— Le submersible vous attendra le temps qu'il faudra, répondit Crane.

Frost s'emporta pour la première fois.

— Allons ! Ne me racontez pas de sornettes. S'il veut éviter de se faire repérer, le submersible, comme vous dites, sera appelé à bouger. Par ailleurs, je connais les militaires et je sais que des pronostics ont dû être faits concernant les délais. On ne va pas nous attendre jusqu'à l'année prochaine ! Imaginez que nous disparaissions en cours de route, ce ne sont pas les autorités soviétiques qui vous avertiront que vous pouvez renvoyer le sous-marin à sa base !

Crane manifesta sa nervosité en accentuant imperceptiblement sa succion sur sa pastille de menthe. Fronçant les sourcils, il capitula :

— Le sous-marin *Springer* a pour ordre de se présenter chaque nuit au point de rencontre et d'y stationner de huit heures du soir à sept heures du matin. Sa mission commence dans trois jours et s'achève dans trois semaines.

— Voilà la précision que j'attendais, grommela le Mercenaire. Trois semaines, ça me paraît raisonnable. Ça nous donne presque le temps de faire le trajet à pied.

Crane se détendit.

— J'aime votre optimisme, capitaine Frost.

Le Mercenaire alluma une autre Camel et souffla la fumée par les narines en demandant :

— Est-ce que vous avez prévu un retour d'information après notre passage aux divers points de chute ?

— Bien évidemment. Mais je vous avouerai que j'ai des doutes quant au fonctionnement du dispositif. Rien ne prouve qu'après votre passage, les truands nous informerons. Une fois payés, rien ne prouve qu'ils auront le souci d'assurer le suivi...

— Rien, en effet. Et si par hasard, nous étions amenés à emprunter un autre itinéraire, vous perdriez complètement notre trace ?

— C'est exact mais où voulez-vous en venir ?

— A ceci, répondit Frost. Je suppose que vous avez, par contre, des moyens de communication avec le sous-marin *Springer*. Est-ce que notre disparition dans la nature signifie annulation de sa mission ?

— C'est hors de question, capitaine. Le *Springer* sera à son poste pendant les trois semaines prévues, quoi qu'il advienne.

— J'avais à cœur de vous l'entendre dire, fit l'homme au bandeau noir en soufflant sa fumée vers le plafond orné de moulures dorées. Et, en ce qui concerne notre transfert de la limousine à un autre véhicule — car je suppose que c'est ainsi que les choses vont se passer —, qu'avez-vous prévu ?

Un éclair malicieux fit pétiller l'œil de Mortimer Crane. Puis il laissa tomber :

— Une crevaison.

— Quoi ?

— Une crevaison, répéta Crane. Nous avons bien sûr des autorisations de circuler pour les véhicules diplomatiques. Mais dès que l'un d'eux s'éloigne des itinéraires traditionnels, il est aussitôt soumis à une surveillance très serrée. Le KGB a des systèmes d'écoute à distance dont vous ne soupçonneriez pas l'efficacité.

— Oh si, je la soupçonne. Des gars qui sont capables de pirater les touches d'une machine à écrire dans une ambassade étrangère sont certainement capables d'entendre tout ce qui se dit dans une voiture qui passe dans la rue.

Crane sourit.

— La limousine sera équipée d'un dispositif très ingénieux. Il s'agit d'une télécommande à infrarouges qui permet de faire sauter une petite charge placée à l'intérieur d'une chambre à air, provoquant ainsi l'éclatement du pneumatique. Pourquoi saboter notre propre véhicule ? me demanderez-vous.

— Cher Mr Crane, vous avez l'art de devancer les questions de l'interlocuteur.

— Eh bien, reprit le diplomate avec ravissement, le transfert se fera à l'occasion de la crevaison. La limousine s'immobilisera en bordure de route et, à ce moment-là, un autre véhicule passera comme par coïncidence. Pour ne pas faire mentir la légendaire réputation d'hospitalité du grand peuple soviétique, ce véhicule s'arrêtera et proposera de l'aide aux malheureux étrangers. Suivront des échanges de cordialités qui raviront les hommes du KGB chargés de vous espionner. Noubliez pas qu'ils vous entendront mais ne vous verront pas. Vous changerez de véhicule pendant que les autres changeront... la roue, et chacun repartira vers sa destination. Simple mais il suffisait d'y penser.

— J'espère que vos trafiquants ont un solide alibi pour passer à l'endroit du transfert pendant la nuit.

— Très solide, assura Crane. Leur activité de couverture est une scierie et ils viennent chaque semaine livrer du bois de chauffage à la capitale.

— Ingénieux, reconnut le Mercenaire.

— Nous reverrons les détails demain lors de la séance de briefing avec Miss Mertzlota. Maintenant, capitaine Frost, je vous suggère d'aller prendre un peu de repos. Vous devez être fatigué.

— Mort, dit le Mercenaire en tirant une longue bouffée de sa Camel, qu'il tapota ensuite au-dessus du petit cendrier. Mais je voudrais d'abord récupérer mes armes qui ont dû arriver par la valise diplomatique. Avant de me reposer, je tiens à les nettoyer et à vérifier leur bon fonctionnement.

— Je les ai fait porter dans votre chambre. Vous pouvez aller bichonner vos instruments de travail, capitaine Frost.

Crane se leva, imité par Frost. Les deux hommes se serrèrent la main puis le Mercenaire quitta la pièce pour gagner la luxueuse chambre mise à sa disposition au sein même de l'ambassade.

Son pistolet d'assaut KG-99, son Browning High Power à finition chromée de chez Metalife et son couteau de tranchée Gerber MK-II l'attendaient. Et il tenait à ce que ses fidèles compagnons soient aussi prêts que lui pour affronter l'expédition du lendemain.

CHAPITRE VIII

Nina et Frost avaient dû faire un gros effort pour ne pas se jeter dans les bras l'un de l'autre en présence de Mortimer Crane. Malgré ses yeux légèrement creusés, attestant des épreuves qu'elle avait vécues, Nina était toujours aussi belle. Après le briefing et le somptueux déjeuner, ils s'étaient éclipsés dans la chambre de Frost sous prétexte de détails à mettre au point et avaient fait l'amour passionnément comme si ça devait être la dernière fois.

Maintenant, ils étaient allongés l'un contre l'autre dans le coffre capitonné d'une grosse Lincoln Continental. Ils avaient étalé sous eux les pelisses fournies par l'ambassade pour améliorer leur confort.

Frost sentit les mains de Nina le chercher à tâtons dans l'obscurité puis s'arrêter sur sa poitrine et commencer à le caresser. Interdiction absolue de parler ne signifiait pas interdiction de prendre un peu de bon temps. Tendant le bras, le Mercenaire rendit la pareille à la brunette.

Crane avait insisté pour être le passager officiel de la limousine, arguant du fait qu'il eût paru suspect de sortir la luxueuse automobile avec à son bord un quelconque petit fonctionnaire. La Lincoln était réservée aux huiles et Crane avait voulu être l'huile de la soirée.

Frost entendit la portière claquer puis la voix du diplomate, étouffée par l'épais dossier de la banquette, donner ses instructions au chauffeur. Un instant plus tard, la limousine s'ébranla et franchit les grilles de l'ambassade.

Les mains de Nina cessèrent de le caresser pour se refermer presque durement sur ses poignets. Elle était tendue. Il y avait de quoi. Lui aussi l'était, beaucoup plus qu'il ne voulait se l'avouer.

Dire que je suis en train de traverser Moscou et que je ne verrai ni le mausolée de Lénine, ni les coupoles du Kremlin ni Saint-Basile-le-Bienheureux, songea-t-il avec un brin de regret.

Ni la place Dzerjinski avec le siège du KGB, ajouta insidieusement une petite voix intérieure.

Frost sourit dans le noir. Il pensait au tovaritch Grigori Pradovsk qui devait être en train de tourner en rond dans son bureau à essayer de savoir ce qu'était devenue Nina.

Nina était avec le méchant capitaliste. Un virage à gauche la fit rouler vers lui et il sentit ses douces rondeurs s'écraser contre sa poitrine. Elle resta ainsi et il lui passa un bras autour des épaules. Il savait qu'elle avait besoin de le sentir, de se réconforter à son contact.

Bientôt, des cahots sous les roues indiquèrent qu'ils étaient en train de rouler sur des pavés. Il pensa à la petite charge dans le pneu arrière droit et se prit à espérer que le système soit aussi sûr que l'avait affirmé Crane.

Le revêtement de la chaussée redevint lisse et les cahots cessèrent. Ils roulèrent une dizaine de minutes puis Nina se mit à grelotter. Frost la frictionna, sentant, lui aussi, le froid l'envahir. Tout avait été prévu pour transporter des êtres humains de façon relativement confortable dans le coffre. A une exception près : le chauffage. Les grilles d'aération communiquaient avec l'extérieur et, apparemment, les nuits d'octobre à Moscou n'avaient pas la douceur de celles d'Atlanta.

Baissant la tête, Frost s'agenouilla et souleva Nina pour l'envelopper dans sa pelisse. Il effectua ensuite une série de contorsions pour essayer de récupérer la sienne et faillit lâcher un juron lorsqu'un dos-d'âne l'envoya donner du crâne contre le capot du coffre. Il parvint enfin à s'enrouler dans la fourrure et se serra contre Nina.

Sa Rolex indiquait presque dix heures vingt-cinq. Une demi-heure, bientôt, qu'ils avaient quitté l'ambassade des Etats-Unis. Le moment du transfert ne devait plus tarder et, avec lui, le début du marathon qui les amènerait à Riga. Il était temps. Le confinement et l'inaction rendaient le Mercenaire de plus en plus nerveux à mesure que les minutes passaient.

De l'autre côté de la paroi capitonnée, on n'entendait que le ronronnement serein du puissant moteur. Frost aurait été incapable de dire si Crane tenait la conversation à son chauffeur pour distraire les agents du KGB ou si les deux hommes gardaient le silence.

Et puis un claquement sec à l'arrière, suivi d'une secousse amortie par la suspension souple, lui fit comprendre que le pneu avait éclaté. Le moteur s'arrêta. Frost et Nina entendirent le chauffeur pester puis descendre de la voiture. Un instant plus tard, la portière de Crane claqua à son tour.

— Que se passe-t-il, Andrew? demanda le diplomate.

— Un pneu qui a éclaté, Monsieur. Je ne comprends pas. La pression était bonne. Probablement un défaut de la chambre à air.

— Brrr ! Quel froid de canard ! Vite, ouvrez le coffre. Je vais vous aider à changer cette roue, que cela aille plus vite.

Au moment où la clef glissait dans la serrure du coffre, le Mercenaire entendit le bruit d'un moteur diesel. Une coulée de lumière s'infiltra par les orifices d'aération. Un véhicule, phares allumés, venait de s'arrêter juste derrière la Lincoln Continental. Nouveaux claquements de portières, échos de discussion en russe entre Crane et les occupants du véhicule : tout semblait se dérouler conformément au plan. Le coffre s'ouvrit. Une bouffée d'air glacial s'engouffra à l'intérieur.

Frost déplia ses membres endoloris et, passant la tête à l'extérieur, vit Crane, son chauffeur et deux Soviétiques emmitouflés dans de gros manteaux et coiffés de toques de fourrure. Crane lui sourit et lui fit signe de patienter un instant, tandis que l'un des Soviétiques allait ouvrir la portière droite du véhicule, un camion Moskvitch de six tonnes qui paraissait en assez bon état.

Frost sentit Nina se relever derrière lui. Absorbé dans l'examen du camion qui allait être leur premier moyen de locomotion vers Riga, le Mercenaire n'entendit pas le bruit du moteur qui approchait. Lorsqu'il en prit conscience, l'avant massif d'une grosse Zil noire, uniquement éclairée par ses feux de position, était en train de dépasser le Moskvitch.

Avec un réflexe remarquable, Crane s'interposa entre le Mercenaire et les phares du camion. Vivement, Frost rentra la tête dans le coffre. Il sentait son cœur cogner à tout rompre à l'intérieur de sa poitrine. Il savait ce que transportait la Zil : les hommes du KGB avec leur matériel de télésurveillance. La grosse voiture ralentit. Frost dégaina son Browning High Power.

Dehors, il entendait Crane, très nerveux, se confondre en :

— *Spassuyba ! Spassuyba* (1) *!*

La Zil s'arrêta. Une voix lança une question que le Mercenaire ne comprit pas. Des claquements de semelles et un jeu d'ombres et de lumières lui fit comprendre que Crane se dirigeait vers l'autre voiture. Le diplomate n'avait aucune envie de voir les hommes du KGB descendre et venir voir ce qui arrivait à sa Lincoln. L'homme au bandeau noir l'entendit débiter un monceau d'explications : probablement qu'ils allaient s'en sortir sans problème avec l'aide de ces braves camionneurs, qu'il remerciait chaleureusement ces aimables gen-

(1) Merci ! Merci !

tlemen de s'être eux aussi arrêtés mais qu'ils n'avaient pas besoin de salir leurs belles mains de bureaucrates. Crane conclut sa tirade par le *spassuyba* de rigueur.

— *Nie za chto,* répondit la voix inconnue. *Dassvidanya* (1).

— *Dassvidanya,* souffla Crane, visiblement soulagé.

La Zil repartit. Le tout n'avait pas duré une minute mais Frost avait l'impression d'avoir vécu plusieurs heures de torture. Près de lui, Nina paraissait moins inquiète. Elle avait compris ce qui se disait.

Crane attendit encore un long moment avant de donner le signal du transfert. Frost fit passer Nina en premier. Puis, un instant plus tard, après une poignée de main muette mais chaleureuse avec Crane, il entra à son tour dans la cabine du Moskvitch. Le siège du passager était renversé contre le tableau de bord et, juste derrière, un panneau coulissant permettait d'accéder à un compartiment secret. Frost grimaça. Le compartiment séparait la cabine et la caisse du camion. Il se dressait sur toute la hauteur du véhicule mais ne devait guère faire plus de soixante centimètres de large. Pour transporter clandestinement des bouteilles de vodka, ce

(1) Il n'y a pas de quoi. Au revoir.

devait être l'idéal mais, pour deux êtres humains, faire près de deux cents kilomètres enfermés dans ce réduit n'allait pas être une partie de plaisir.

Le panneau se referma, plongeant le local dans l'obscurité presque totale. Lorsque son œil se fut accoutumé au noir, le Mercenaire nota que Nina, grâce à son gabarit, avait suffisamment de latitude pour s'asseoir. Elle s'était installée sur le petit sac à dos fourni par Crane et qui contenait des gants, une tenue de rechange complète, sous-vêtements longs compris, des moufles de peau, un Lüger de 9 mm avec une boîte de cartouches et quelques rations alimentaires.

Le sac de Frost était un peu plus chargé. Outre un équipement de survie semblable à celui de Nina, il contenait le KG-99 soigneusement huilé, deux boîtes de cartouches de 115 grains chemisées à tête creuse, une cartouche... de Camel, trois grenades à fragmentation et deux flacons de scotch.

L'homme au bandeau noir parvint tant bien que mal à s'asseoir, les épaules coincées entre les deux parois de l'étroit compartiment.

Dehors, pour la vraisemblance, les Russes étaient en train de changer la roue en discutant avec Crane et le chauffeur. Frost et Nina gardaient le silence, sachant que les micros étaient toujours braqués dans leur direction.

Lorsque le camion s'ébranla enfin, Frost avait l'impression que son haleine avait givré dans sa moustache. Ils roulèrent pendant une vingtaine de minutes. Malgré le froid, Frost sentait l'engourdissement le gagner. Il allait s'endormir lorsqu'une secousse et une inclinaison momentanée de la caisse indiquèrent que le camion s'engageait sur une route secondaire. Une route probablement étroite et bordée d'arbres, à en croire le bruit des branches qui balayaient la carrosserie.

Après un court moment de ce parcours cahotique, une voix s'éleva, en provenance de la cabine. Les hommes devaient juger qu'ils pouvaient parler en toute tranquillité.

— Qu'est-ce qu'il dit ? demanda le Mercenaire.

— Il veut savoir comment on va, répondit Nina.

— Dis-lui que je n'ai jamais vu plus confortable que son casier à bouteilles. J'ai l'impression d'être dans un fauteuil-relax.

La fille rit puis entama une conversation avec les trafiquants d'alcool. Au bout d'un moment, elle se tut, enleva ses moufles pour se moucher puis entreprit de faire son rapport au Mercenaire :

— Le gars s'appelle Feliks. Il dit qu'on l'a échappé belle tout à l'heure à la sortie de Moscou.

— Merci. Je m'en étais rendu compte.

— Crane a été sensationnel, dit Nina. Il a fait preuve d'un de ces sang-froid !

— Encore combien de temps à passer dans ce tape-cul ?

— Trois heures et demie à quatre heures.

— La joie !

— La scierie se trouve au pied des hauteurs de Valdaï, en bordure d'un torrent. Mais Feliks juge plus prudent de prendre les petites routes.

— Feliks a entièrement raison, grogna le Mercenaire. Mais la partie charnue de mon individu se révolte à l'idée de subir ces affronts pendant encore trois ou quatre heures. Et toi, tu te sens comment ?

— Je tiendrai le choc, murmura Nina.

— Feliks ne t'a pas proposé de nous prendre avec eux dans la cabine. On serait au chaud et on aurait moins mal aux fesses.

— J'ai eu l'idée de le lui suggérer, mon cher. Il dit qu'il n'en est pas question. Trop risqué. La route est étroite. C'est tout juste si une voiture et un camion peuvent se croiser. Dans ces conditions, on a beaucoup plus tendance à regarder la tête des gens qu'on rencontre.

— Bon, grommela le Mercenaire, on va se faire une raison.

Il alluma une Camel en demandant :

— Je sais qu'on n'en est pas encore là mais reparle-moi un peu de ce centre vétérinaire. J'aimerais me faire une idée précise des lieux et de la façon dont on peut y entrer.

Nina se gratta la gorge puis toussota.

— Ça n'est pas indiqué sur la carte, répondit-elle, mais j'ai très précisément repéré l'endroit et je l'ai noté d'une croix. C'est à une vingtaine de kilomètres au sud-est de Riga. De toute façon, je n'ai même pas besoin de carte. Je trouverai très facilement. J'y suis déjà allée trois fois avec Aleksandr.

— Qu'est-ce qu'il y a comme voies d'accès ?

— Une seule petite route qui serpente à travers les pâturages de la région.

— On nous laissera passer ? s'enquit le Mercenaire en tirant une deuxième bouffée de sa Camel.

Cette fois, Nina explosa dans une quinte de toux rauque.

— Hank ! Je t'en prie ! C'est une vraie chambre à gaz !

Frost réalisa que sa cigarette rendait l'atmosphère irrespirable dans le compartiment. Il s'excusa et l'écrasa sous sa botte. Dans la pénombre, il vit Nina qui agitait une main devant son visage pour faire circuler la fumée. Elle toussota encore une fois puis répondit :

— L'institut n'est pas spécialement surveillé. C'est pourquoi Aleksandr n'a eu aucun mal à y faire installer son coffre avec la complicité de Svjatoslav Folakine, le directeur.

— Ils se connaissaient bien ?

— C'étaient des amis d'enfance.

— Quels rapports avais-tu avec Folakine ?

— Sympa mais pas vraiment familiers. Il m'acceptait parce que j'étais la chouchoute d'Aleksandr.

Frost hocha la tête, oubliant que Nina ne pouvait probablement pas le voir.

Dans la cabine, Feliks et son compagnon parlaient entre eux sans s'occuper de Frost et de Nina, frileusement pelotonnés dans leurs pelisses. Après un moment de réflexion, la jeune Soviétique enchaîna :

— Folakine a dû avoir des échos de la mort d'Aleksandr. Les bruits circulent avec une relative facilité dans les milieux scientifiques. Il a peut-être aussi entendu parler de ma disparition. Mais il n'a certainement pas pu avoir d'informations précises.

— Donc il vaut mieux pénétrer dans l'institut la nuit et par effraction, conclut le Mercenaire.

— C'est ce que j'étais en train de me dire, oui. Si Folakine se méfie de nous, il ne le montrera pas. Il nous fera entrer et avertira la police. On a toutes les chances de se faire coincer dans un piège.

— Il y a un dispositif de sécurité la nuit ?

— Oui. Un truc raccordé au téléphone. Je l'ai appris par hasard un jour que j'étais venue choisir des veaux pour une étude sur le lobe frontal des bovidés.

L'image d'un cauchemar récent revint à l'esprit du Mercenaire. Il sentit une bile amère lui monter dans la gorge. Comment cette fille ravissante pouvait-elle faire profession de charcuter des cervelles d'animaux et des cerveaux humains ? Ça dépassait son entendement et lui faisait froid dans le dos. Il se concentra pour chasser les images parasites tandis que Nina poursuivait :

— ... et Aleksandr a trouvé commode d'installer son coffre avec ceux de Folakine dans le laboratoire.

Le Mercenaire allait lui faire répéter le début de sa phrase puis il se dit que savoir pourquoi Pidzovski avait choisi cet endroit plutôt qu'un autre pour cacher ses documents n'avait aucune importance. Ce qui l'intéressait, c'était la façon d'accéder au coffre. Il s'informa :

— Folakine sait ce qu'il y a dans le coffre ?

— Non, répontit Nina. Par contre, il sait qu'Aleksandr y tenait comme à la prunelle de ses yeux. Non... Plus je réfléchis, plus je suis convaincue qu'il faut entrer par effraction. Il ne me laissera pas accéder au coffre.

— OK, grommela le Mercenaire. On avisera sur place en ce qui concerne ce dispositif de sécurité.

Le silence s'installa dans le petit compartiment imprégné de vapeurs d'alcool. Progressivement, malgré le froid et les bosses du chemin qui les faisaient brimbaler, Frost et Nina finirent par s'assoupir, bercés par le bruit du moteur et le ronron de la conversation qui leur parvenait de l'avant.

CHAPITRE IX

Dans la nuit, la scierie ressemblait à un château fort de bois. Un entrecroisement d'énormes poutres prolongeait le bâtiment principal et enjambait le torrent, soutenant une roue à aubes qui actionnait un moyeu fait d'un tronc d'arbre entier.

Après avoir libéré Nina et le Mercenaire, Feliks reboulonna le siège du passager à sa place habituelle tandis que son compagnon saluait et s'éloignait vers une baraque de bois située à l'écart de l'installation. Il ne neigeait pas mais un froid rendu piquant par le vent semblait traverser tous les vêtements. D'abord, le Mercenaire eut l'impression que cette gifle glaciale lui anesthésiait le visage puis, au bout de quelques secondes, la peau de son nez et de ses joues se mit à le brûler. Feliks acheva sa besogne, empocha les clefs du camion et leur fit signe de le suivre.

Il les conduisit vers une cabane de bois dressée derrière la scierie. Aux grosses taupinières qui bosselaient le sol autour de la construction, Frost comprit qu'ils étaient dans une charbonnière. Feliks poussa la porte. Le local mesurait trois mètres sur quatre et devait servir d'abri l'hiver aux ouvriers chargés de fabriquer le charbon de bois. Un poêle à bois ronflait dans un coin et emplissait la pièce d'une bonne chaleur. Dans la pénombre, Frost distingua deux paillasses étendues à même le plancher et séparées par une table basse de bois brut. Ce n'était pas le luxe mais il faisait bon et ils pourraient enfin prendre un peu de repos. En espérant que les paillasses n'étaient pas truffées de vermine...

Feliks craqua une allumette et, bientôt, une lampe à pétrole suspendue à une poutre répandit dans les lieux une clarté orange qui dévoila le visage de leur hôte.

Le trafiquant était un gaillard robuste. Son grand manteau de lainage gris noué à la taille par un ceinturon enveloppait des épaules de bûcheron et des bras visiblement musclés. Sous le manteau, un peu plus bas que les genoux, on apercevait quelques centimètres de pantalon kaki puis de grosses bottes de cuir brun, crottées mais soigneusement graissées.

Mais la caractéristique marquante de Feliks

n'était pas son physique de catcheur. Sous sa toque fourrée, apparaissait une mèche rousse et un front piqueté de milliers de trous. Une grosse barbe rousse faisait son possible pour dissimuler des joues pleines de petits trous, elles aussi. Les yeux vert pâle, vitreux, révélaient une trop grande consommation d'alcool et, au centre du visage, le nez, également troué de petits cratères, formait un gros appendice rouge. Le bord des narines, mangées par le froid, était déchiqueté, comme dentelé.

L'homme sourit, révélant trois chicots.

— Pfff! souffla Nina. Après le voyage en frigorifique, j'ai des bouffées de chaleur.

Elle enleva sa pelisse et la jeta sur l'une des paillasses, puis sa toque suivit le même chemin. Tandis qu'elle secouait la tête en se passant les mains dans les cheveux pour y remettre de l'ordre, Frost vit Feliks promener un regard gourmand sur ses rondeurs moulées dans un gros chandail de laine verte et un fuseau de ski. De nouveau, l'individu exhiba ses chicots puis il lança une phrase en russe, à laquelle Nina répondit sans prendre la peine de traduire pour Frost.

Feliks hocha la tête et quitta la cabane.

— Qu'est-ce qu'il a dit? demanda le Mercenaire en enlevant sa pelisse.

— Il va chercher quelque chose à manger.

— Pas faim, dit Frost. J'ai surtout envie de roupiller.

Nina s'assit sur une paillasse. Frost s'installa sur l'autre, alluma une Camel puis posa son Zippo et son paquet de cigarettes sur la table basse qui les séparait.

— Il va falloir te forcer, reprit la Soviétique.

— Hein ?

— Il va falloir te forcer à manger un peu. Je connais les paysans d'ici. Ce sont des gens très fiers. Pour eux, c'est un affront de refuser leur hospitalité. Il n'y a encore pas si longtemps, on voyait des bûcherons se battre à coups de hache pour moins que ça.

— Feliks n'est ni un paysan ni un bûcheron. C'est un truand.

— Mon pauvre Hank... Tu te crois à New York ou à Chicago ? Cet homme distille et vend de la vodka comme devaient probablement le faire ses ancêtres depuis des générations. Ce n'est pas un gangster. Simplement un moujik qui est passé dans l'illégalité parce qu'il ne comprend pas pourquoi on se met brusquement à lui interdire de faire ce que sa famille faisait de tout temps.

Frost haussa les épaules. Elle avait probablement raison. Mais il n'aimait pas recevoir de leçons. Il grommela d'un ton grincheux :

— En tout cas, tu as dû remarquer la façon dont il te reluquait, le gentil moujik...

Son air mortifié arracha un petit gloussement à Nina.

— Non, répondit-elle. J'ai fait une touche ?

— Officiel.

A demi déridé, le Mercenaire tira une longue bouffée de sa cigarette. Nina écarta la fumée puis se pencha par-dessus la table, posa les deux mains sur les joues de Frost et le regarda bien en face en murmurant :

— Tu as vu son nez ? On dirait une betterave mangée par les vers. Brrr ! Pas du tout mon genre. Tu peux être tranquille.

Frost sourit et lui embrassa les lèvres. Ils se séparèrent lorsque la porte grinça et que Feliks entra sans s'annoncer, muni d'un sac de toile cirée.

Comme si c'était la chose la plus naturelle du monde, il s'assit sur la paillasse de Nina et disposa sur la table trois verres, trois bouteilles de vodka, un jambon fumé, un long couteau et une miche de pain noir.

— On ne va pas mourir de soif ! observa le Mercenaire en regardant les trois bouteilles.

Nina haussa les épaules.

— Allons, tu penses bien qu'on ne va pas tout boire. C'est simplement qu'il veut nous proposer plusieurs variétés.

Sans s'occuper de ce qu'ils disaient, Feliks, l'air ravi, jeta ses gants sur le plancher, se frotta les mains, déboucha une bouteille et emplit les trois verres à ras bord. Il leva le sien et lança gaillardement :

— *Na zdarovye !*

Nina trinqua, joyeuse. Frost trinqua, renfrogné. Il tira sur sa cigarette et vit les narines de Feliks frémir. Le Soviétique se tourna vers Nina en se rapprochant d'elle imperceptiblement et lui demanda quelque chose.

— Est-ce qu'il peut goûter une de tes cigarettes ? traduisit la fille.

Sans un mot, Frost tendit son paquet. Feliks se servit, alluma la Camel et formula son verdict sous la forme d'une mimique de connaisseur satisfait.

— Dis-lui qu'il peut garder le paquet, grogna l'homme au bandeau noir.

Nina fit l'interprète. Le Russe remerçia d'un nouveau hochement de tête, assorti d'un sourire chicoteux. Puis il découpa des tranches de jambon épaisses d'un bon centimètre, qu'il distribua avec du pain noir. Frost goûta, méfiant. C'était un peu coriace sous la dent mais d'une saveur forte très agréable. Feliks engagea la conversation avec Nina qui, par intermittence, le faisait taire pour mettre Frost au courant de ce qui se disait, essentiellement des banalités sur la pluie et le beau temps. Un quart d'heure plus tard, les trois bouteilles étaient débouchées et le moujik avait soumis à l'appréciation de ses hôtes de la vodka blanche de sa fabrication, de la vodka poivrée et de la vodka polonaise à l'herbe de bison. En toute honnêteté, le Mercenaire dut reconnaître que l'alcool était bon, même celui distillé par Feliks. Mais il commençait à se sentir le cerveau brumeux. Saisissant le couteau, il se coupa une autre tranche de pain pour éponger le dernier verre.

Feliks et Nina continuaient à bavarder en riant et sans trop s'occuper de lui. Visiblement, la fille était contente de trouver un compatriote avec qui elle pouvait discuter sans être contrainte de mesurer chaque parole. Tout aussi visiblement, Feliks était beaucoup plus intéressé par le physique de la fille que par sa conversation. Ses yeux verts, de plus en plus vitreux, ne cessaient de faire la navette entre les cuisses et les seins de Nina. Le Soviétique ne semblait prendre acte de la présence de Frost que pour remplir son verre. Le Mercenaire allait intervenir pour mettre un terme aux agapes lorsque Nina, visiblement éméchée, tourna vers lui ses yeux brillants. Elle laissa échapper un petit hoquet et leva la main devant sa bouche.

— Houps. Je... je crois bien que je suis un peu paf, Hank...

— Ouais, tu m'en as tout l'air, grogna l'homme au bandeau noir. Ton chevalier servant n'arrête pas de remplir nos verres. Il voudrait nous soûler que ça ne m'étonnerait pas. Tu vas gentiment lui conseiller d'aller se coucher. Tout le monde a besoin de dormir.

— Feliks doit faire une livraison demain près de Velikie-Louki, à... à deux cents kilomètres d'ici. Son... son copain est en train de charger le camion.

— Ravi de voir que ces messieurs n'ont pas de problèmes de chômage, grogna Frost avec mauvaise humeur.

— Ce... ce n'est pas ça..., balbutia la fille. Il propose de nous embarquer avec lui. Il part à six... houps !... six heures du ma... du mama... du matin avant l'arrivée des ouvriers. Et... et il dit que pou... que poupou... que pour ce qu'il nous reste à dormir, on... houps..., on ferait tout aussi bien de... de ne pas se coucher...

— Ça va pas, non ! On doit prendre tout le sommeil qu'on peut ! Même si ce n'est que deux heures. En plus, je vois bien son manège à ton bûcheron. Il attend que je m'écroule pour s'occuper de toi.

Nina se ressaisit et lui lança un regard noir. Elle cessa brusquement de balbutier :

— Dis donc, pour qui me prends-tu ? Et pour qui le prends-tu, lui aussi ? Il est vilain comme une caricature de King-Kong, avec les trous en plus. Il est du genre fruste, je te l'accorde. Mais je peux te garantir qu'il n'a aucune arrière-pensée. Non, mon pauvre Hank, tu es un peu parano. Je connais bien les Russes et je peux t'assurer que celui-ci est un brave type, franc comme l'or.

La fille se tut, l'air offusqué. Feliks l'interrogea du regard et en profita pour se rapprocher un peu plus. Comme elle ne répondait pas, il prit l'une des bouteilles et acheva de la vider dans les verres. Cela fait, il expédia le cadavre dans un grand bidon rouillé qui devait servir de poubelle. Il leva son verre, le vida d'un trait et, après avoir laissé échapper un rot retentissant, reprit la parole.

Nina sourit.

— Tu vois ! s'exclama-t-elle, l'air victorieux. Il s'intéresse aussi à toi !

— Quoi ? grommela l'homme au bandeau noir.

— C'est... au sujet de ton œil. D'ailleurs, moi aussi, je voulais te demander. Mais... (La fille s'empourpra visiblement.)... mais, jusqu'à présent, on a toujours trouvé mieux à faire quand on était seuls ensemble...

Frost se détendit en se remémorant leur

après-midi dans sa chambre à l'ambassade. Puis il sourit et un faisceau de rides plissa son visage tandis qu'il réfléchissait pour concocter une histoire. Les yeux noirs de Nina, les yeux verts glauques de Feliks se rivèrent sur lui. Il acheva de se rasséréner, avala une petite gorgée de vodka et commença son récit sans remarquer que Feliks en avait profité pour s'approcher un peu plus de Nina :

— Vous allez être déçus, vous savez. Ce n'est pas un haut fait de guerre, pas même une bagarre de rue que je vais vous raconter.

Il marqua un silence et alluma une Camel pendant que Nina traduisait le début.

— Allez, raconte, demanda-t-elle, enthousiaste.

— Voilà, reprit le Mercenaire en soufflant une grosse volute de fumée, qui s'étala en nappe jusqu'au poêle puis, brusquement, s'éleva vers le plafond de la cabane lorsqu'elle rencontra le courant d'air chaud ascendant. Voilà, reprit-il, j'avais une douzaine d'années. Dans la maison derrière chez nous, habitait une fille de quinze ans qui prenait un plaisir malin à m'aguicher. Tu vois comment sont les filles à cet âge-là, quand elles commencent à avoir un peu de poitrine et de fesses à rouler sous les yeux des garçons.

Nina hocha la tête, tellement captivée qu'elle en oublia son travail de traduction.

— Elle s'appelait Peggy, enchaîna Frost. Elle me rendait fou. Je suis sûr qu'elle le faisait exprès mais, tu penses, elle avait trois ans de plus que moi et je n'osais rien faire d'autre que la regarder. Chaque soir, elle se déshabillait devant sa fenêtre sans tirer les rideaux. Elle prenait tout son temps, la chipie ! Elle passait et repassait devant la lampe. Parfois, elle faisait même de la gymnastique avant de mettre sa chemise de nuit pour se coucher. Et la fenêtre donnait juste en face de la mienne, de l'autre côté du jardin.

— Et toi, tu te rinçais l'œil, affreux jojo que tu étais ?

— Je faisais mon possible, mais la chambre de Peggy était loin et je ne voyais pas toujours ce que j'aurais voulu voir.

— C'est du propre ! s'exclama Nina, hilare. A douze ans, déjà...

— Je me suis acheté une longue-vue, continua le Mercenaire.

Puis il fuma un moment en silence, pendant que Nina traduisait pour Feliks.

— Ensuite ? relança la fille.

Frost prit un air morose.

— Un soir, la gouvernante m'a surpris. Une vieille fille affreuse, austère, avec du poil au menton. Elle m'a tiré les oreilles presque à me les arracher et m'a confisqué la longue-vue.

Nina éclata de rire, imitée par Feliks dès qu'elle eut traduit. Frost acheva sa Camel et l'écrasa dans une coquille qui servait de cendrier.

— Deux jours plus tard, enchaîna-t-il, j'ai récupéré ma longue-vue. Cette idiote l'avait simplement rangée avec les couteaux dans un tiroir de la cuisine. Elle s'en est aperçue mais ne m'a rien dit. Elle était décidée à me donner une bonne leçon pour me passer à jamais l'envie de regarder Peggy. Elle n'a pas raté son coup !

— Comment ça ? murmura Nina.

— Je me souviendrai toujours. C'était en juin, un dimanche matin. Il faisait un temps superbe. Je m'étais réveillé de bonne heure pour ne pas rater le lever de Peggy dont le premier geste était d'ouvrir sa fenêtre en grand. Je crois bien que ce jour-là, elle m'a même fait un petit signe de connivence. Je n'ai jamais su. On ne s'est pas revus après l'accident.

— Quel accident ? s'enquit la fille, pendue aux lèvres du Mercenaire.

— La gouvernante me guettait. Cette vieille folle était sortie dans le jardin. J'ai pris ma longue-vue et j'ai commencé à me délecter du spectacle que m'offrait Peggy. Elle était particulièrement inspirée et je ne te raconte pas dans quel état j'étais. *Médusé !*

Feliks tira Nina par la manche pour réclamer sa traduction. Pendant qu'elle s'exécutait, le Mercenaire vida son verre de vodka.

— A un moment, poursuivit-il, l'idée lui a pris d'aller faire des grâces devant sa psyché. Manque de chance, la glace était dans un coin aveugle. Mais je ne voulais pas rater ça. Je me suis penché sur l'appui de la fenêtre et je me suis collé la longue-vue sur l'œil gauche. Ça a été une véritable acrobatie. Mais quelle récompense quand j'ai retrouvé Peggy, agrandie par ma lunette, posant pour moi comme une statue grecque ! Puis elle s'est retournée. J'ai vu la lueur effrayée dans ses yeux. D'un mouvement instinctif, j'ai essayé de rentrer dans ma chambre. Trop tard. Je me souviendrai toujours... La douleur abominable... Cette sensation poisseuse autour de mon œil... Le trou noir... La sirène de l'ambulance... L'hôpital...

— Quoi ! Tu es tombé par la fenêtre avec ta longue-vue sur l'œil ?

Frost secoua négativement la tête.

— Oh non..., murmura-t-il. D'ailleurs, je ne me serais pas fait grand mal. Ma chambre était au rez-de-chaussée. Non... J'ai simplement vu la silhouette massive de Miss Shatterwood, la gouvernante, se dresser devant ma fenêtre.

Sans me laisser le temps de réagir, elle a brusquement claqué les volets et la longue-vue s'est enfoncée dans mon œil gauche.

— Non ! murmura Nina, blême d'horreur.

Frost eut un hochement de tête affirmatif et, comme pour se remettre, tendit son verre, que Feliks s'empressa de remplir, l'air consterné, tandis que Nina lui faisait le récit de l'accident.

Frost but une petite gorgée puis ajouta d'une voix morose :

— Miss Shatterwood a été condamnée à une grosse amende mais ça ne m'a pas rendu mon œil... Quand je pense...

— Oui ?

— Quand je pense que la dernière vision de mon pauvre œil gauche a été celle de cette horrible mégère avec sa tête scandalisée et son menton velu...

Nina vida le fond de son verre puis traduisit la fin et, brusquement, le moujik laissa échapper un éclat de rire tonitruant, puant l'alcool, le tabac et les dents gâtées.

— Qu'est-ce qui lui prend ? demanda le Mercenaire.

Nina s'informa. Pendant quelques secondes, elle sembla perplexe puis elle rit à son tour.

— Feliks n'a peut-être pas la même instruction que moi mais il est moins naïf, dit-elle entre deux hoquets. Il demande si... — Comment traduire ça ? — ... il demande si tu te fous de notre gueule, en gros.

Frost sourit.

— Bon Dieu de bon Dieu, grommela-t-il. J'ai beau me creuser la tête, personne n'avale jamais mes histoires !

Nina tendit la main et lui caressa le bras. A ce geste, le Mercenaire crut noter que Feliks se raidissait.

— Tu ne veux pas dire la vérité parce que ce souvenir te fait trop souffrir ? murmura la fille. Tu préfères essayer de faire rire avec pour oublier à quel point la cicatrice est encore fraîche, hein ?

Frost hocha la tête et alluma une Camel sans répondre.

De nouveau, Nina fit l'interprète pour Feliks, qui venait de lui remplir son verre pour la énième fois. Le bûcheron hocha la tête et manifesta sa compréhension par un grognement d'ours. Puis il relança la conversation avec Nina. Frost acheva son verre en silence tout en les observant. Et sa méfiance revint.

Non, il ne se trompait pas. Feliks les poussait à boire. De nouveau, il accaparait Nina, qui avait le feu aux joues, balbutiait de façon de plus en plus inquiétante et ne prenait plus la peine de traduire. Elle hoquetait. Elle gloussait. Le Mercenaire commençait à sentir la moutarde lui monter au nez. Bientôt, il vit Feliks poser son énorme main sur la cuisse de la fille, qui ne se rendit compte de rien et continua à rire comme une collégienne.

La tactique du Russe devenait par trop évidente. Il attendait que le Mercenaire tombe ivre mort pour faire un sort à la belle Nina Mertzlota. Frost décida que ça avait assez duré. Il lança sèchement :

— Nina ! Dis-lui que j'ai sommeil. Il est temps de dormir !

Il dut s'y prendre à deux fois pour se faire entendre. Nina traduisit enfin. Et, en entendant la réponse de Feliks, elle commença par pouffer puis, soudainement, éclata de rire.

— Qu'est-ce qu'il dit ? demanda l'homme au bandeau noir.

— Euh..., bredouilla Nina, hésitante, je... je ferais mieux de ne pas traduire. Tu m'as déjà l'air assez grognon comme ça...

— Qu'est-ce qu'il dit ? aboya Frost, agressif.

— Bon, bon, puisque tu y tiens... Il dit que quand on n'a qu'un œil à faire dormir la nuit, on devrait avoir besoin de deux fois moins de sommeil.

Comme elle était en train de parler, Feliks ajouta quelque chose d'une voix qui se voulait suave. Sa phrase sembla dessoûler Nina plus sûrement qu'un seau d'eau froide en pleine figure.

— Quoi, encore ? gronda le Mercenaire.

Nina était livide, incapable de répondre.

— Quoi, nom de Dieu ?

— Il... Il dit que, finalement tu n'as qu'à dormir, que... que ça ne le dérange pas pour... pour...

Frost n'avait pas besoin d'un dessin. Il se pencha en avant et rafla le couteau sur la petite table. Mais Feliks était un rapide, et il avait une longueur d'avance. Il saisit Nina à bras-le-corps et la plaqua contre lui pour s'en faire un bouclier. Frost s'arrêta net dans son geste. Il se leva d'un bond pour le frapper au visage. Le Soviétique esquiva et recula vers le fond de la cabane avec sa prisonnière qui hurlait :

— Non, Hank ! Ne le laisse pas faire ça !

Feliks grogna une obscénité et gifla Nina à toute volée. Elle se mit à pleurer. Frost allait bondir lorsque l'énorme individu enveloppa la fille dans son puissant bras gauche et commença à serrer, lui comprimant la poitrine dans un étau d'acier. En moins d'une seconde, le visage de Nina se violaça. Frost comprit que sa cage thoracique était à la limite du point de rupture.

— *Stoï !* cracha le monstre.

Frost connaissait suffisamment de russe pour savoir qu'il lui ordonnait de ne pas bouger. Il s'immobilisa à trois mètres de Feliks, cherchant la seconde d'inattention qui lui permettrait d'intervenir. Un rictus immonde dévoila les chicots du bûcheron dans la lumière orange de la lampe à pétrole. Glissant la main gauche sous l'aisselle de Nina, il la souleva du sol. Riant de la fille à demi asphyxiée qui agitait frénétiquement les jambes dans les airs, il plongea la main droite dans la poche de son pantalon.

Frost vit un petit objet briller entre les doigts du Soviétique et il lui fallut une seconde pour comprendre. S'il avait eu face à lui un voyou de New York, il n'aurait pas été surpris de voir l'adversaire armé d'un shurikan. Mais, dans la main d'un paysan russe, l'objet avait de quoi étonner.

Frost n'était pas encore totalement remis de sa stupeur lorsqu'il vit le mouvement sec et précis de la main de Feliks qui lançait le shurikan. Comme un éclair d'argent, la petite étoile métallique à quatre branches pointues siffla en travers de la pièce vers la pomme d'Adam du Mercenaire.

CHAPITRE X

Frost s'accroupit à l'ultime fraction de seconde. Le shurikan lui faucha une mèche de cheveux puis se ficha dans le mur de planches avec un claquement sec suivi d'une vibration semblable à celle d'une chanterelle trop tendue.

Le Mercenaire se releva, le couteau qui était resté sur la table à la main, et cracha, le visage tordu par la rage :

— La situation est un peu plus égale, maintenant, fumier !

Mais, au moment même où il prononçait sa phrase, il réalisa que le Soviétique ne comprenait pas. Un instant plus tard, il réalisa aussi qu'il se trompait. La situation n'était pas égale. A l'évidence, Feliks n'avait plus d'arme. Mais il avait beaucoup mieux. Il tenait dans son bras gauche Nina qui, épuisée, avait cessé de gesticuler. Frost avait son couteau mais l'engin n'était pas équilibré comme une dague de jet.

La tête de Nina ballottait mollement sur l'épaule de Feliks, ce qui offrait une belle cible, entre la base du cou et le haut du front du moujik. Mais avec un couteau de cuisine, Frost n'était pas du tout sûr de faire mouche au premier coup.

La seule solution était le corps à corps, avec le risque de voir Feliks dévier le coup vers Nina.

Le Soviétique l'avait compris, lui aussi. Son visage hideux encore enlaidi par une grimace meurtrière, il approcha d'un pas lourd, visiblement furieux d'avoir raté son coup.

Puis, brusquement, Frost trouva une feinte. Il leva le bras et lança le couteau vers le sol en visant délibérément derrière Feliks. Il avait vu juste. Le colosse tourna machinalement la tête, stupéfait, pour suivre la trajectoire de l'arme, qui rebondit sans se planter dans le plancher et glissa jusqu'à la porte de la cabane.

Une seconde plus tard, il se retourna vers Frost et laissa échapper un rire moqueur. Puis son rire s'étrangla lorsqu'il comprit qu'il était tombé dans le piège de l'Américain. Frost avait profité de son inattention pour saisir le shurikan planté dans le mur.

Feliks ouvrit tout grand la bouche en voyant l'étoile d'acier arriver sur son visage. S'il n'y avait pas eu Nina, Frost aurait visé l'endroit le plus vulnérable : le cou. Mais il ne voulait prendre aucun risque et choisit le centre de la cible, ajustant son tir sur le nez vérolé de Feliks. Le solide bûcheron avait réellement des réflexes époustouflants. Il se baissa pour esquiver et c'est son front qui arrêta le shurikan. Frost entendit le craquement de l'os sous l'impact de la pointe d'acier. Puis, dans un spasme, Feliks écarta les deux bras comme un crucifié. Sa bouche s'ouvrit encore plus grand mais il ne parvint pas à hurler. La douleur, trop affreuse, devait l'en empêcher. Nina tomba sur le plancher, comme un sac. Frost se précipita vers elle et la traîna sur une paillasse. Feliks était encore debout. Au moment où le Mercenaire courait reprendre le couteau pour mettre un terme à sa souffrance muette, le moujik tituba puis s'effondra sur le dos.

Médusé d'horreur, Frost le regarda se tortiller, semblable à un serpent sur une plaque de tôle surchauffée. Dans une ultime convulsion, Feliks essaya d'arracher le corps étranger planté entre ses deux yeux mais ne fit que se lacérer la main sur les autres pointes du shurikan. Il gesticulait tellement que le Mercenaire ne parvenait pas à le frapper à un endroit vital pour abréger son agonie. Enfin, au bout de longues secondes, il laissa échapper une plainte presque inaudible et s'immobilisa. Frost arracha le shurikan planté dans son front, l'essuya et le glissa dans sa poche après l'avoir enveloppé dans son grand mouchoir à carreaux bleus. Ça pouvait servir.

Puis il attrapa une couverture kaki pliée au pied de sa paillasse et la jeta sur le cadavre de Feliks pour épargner le spectacle à Nina qui était en train de revenir à elle.

*
**

Le jeune capitaine du KGB Anton Bragavoï alluma une Grifa et s'amusa à expédier de petits ronds de fumée vers le plafond de son bureau. Bragavoï était satisfait. Un an qu'il occupait ce poste à la Surveillance du Territoire et tout avait toujours marché comme sur des roulettes. Encore quelques mois et il allait pouvoir demander une mutation dans un pays occidental, connaître enfin le monde, mener une vie luxueuse, riche en événements. Une vie comme celle que son ami Grigori Pradovsk s'était plu à lui relater par le menu, le rendant jaloux comme un singe.

Mais Bragavoï n'était plus jaloux. L'année dernière encore, il aurait donné cher pour être à la place de Pradovsk. L'Amérique ! Les limousines ! Les vêtements coûteux ! Les femmes ! Le rêve pour un jeune agent du KGB. Aujourd'hui, Anton préférait de loin être dans sa propre peau que dans celle de Grigori. Il savait que son ami était en disgrâce depuis le meurtre d'Aleksandr Pidzovski. Certes, Grigori était parvenu à rapatrier Nina Mertzlota, un tour de force qui lui avait valu de conserver son grade. Mais fini pour lui les missions à l'étranger et la belle vie d'autrefois. Grigori était sur la corde raide. Une seule petite bavure, et c'en était fait du séduisant et arrogant officier.

« La chance tourne », songea Bragavoï avec un brin de perfidie. Il consulta sa montre. Presque deux heures du matin, et aucun événement majeur pour perturber son service de nuit. Bragavoï se leva, sa Grifa à la bouche, et s'approcha d'un petit secrétaire. Il ouvrit une porte vitrée, prit un verre, une bouteille de sliwowitz et retourna s'asseoir à son bureau. Il avait bien mérité cette petite récompense.

Il commençait à avoir l'habitude. Passé minuit, il ne recevait généralement que des rapports de routine. A deux heures du matin, Moscou dormait et même le KGB pouvait relâcher sa vigilance. Il était en train de se servir un petit verre lorsqu'on frappa à la porte.

— Entrez, dit-il, étonné. Qu'est-ce qui nous arrive de neuf à une heure pareille, Dimitri ?

Mais ce n'était pas Dimitri. « Quand on pense au loup, il sort du bois », songea stupidement Anton Bragavoï en voyant le blond Grigori Pradovsk pénétrer dans le bureau.

— Salut, Grigor ! lança-t-il joyeusement. C'est l'odeur de la sliwowitz qui t'attire, ma parole !

Bragavoï alla chercher un autre verre dans le secrétaire et revint vers le bureau.

— Quel bon vent t'amène, vieux ?

Pradovsk ne répondit pas mais, en levant les yeux vers lui, Bragavoï comprit qu'il s'agissait plutôt d'un mauvais vent. Respectant le silence de l'autre officier, il emplit un verre, qu'il lui tendit.

— *Zdarovye !*

— *Zdavovye,* murmura Grigori Pradovsk d'une voix éteinte.

Anton Bragavoï vida son verre d'un trait tout en l'observant à la dérobée. Pradovsk avait la tête d'un homme qui vient d'enterrer père et mère. D'un geste, Bragavoï l'invita à prendre une chaise puis, tandis que l'autre s'asseyait, il retourna s'installer derrière son bureau.

— Qu'est-ce qu'il se passe, Grigor ? Des ennuis ?

Pradovsk trempa les lèvres dans sa sliwowitz puis laissa tomber d'un ton calamiteux :

— Pire, Anton. J'ai l'impression que c'est fini pour moi.

Bragavoï fronça les sourcils et lui tendit son

coffret de Grifas. Pradovsk refusa d'un signe de tête.

— Je ne fume plus.

Il but encore une petite gorgée de sliwowitz, sentant le regard de son ami braqué sur lui. Bragavoï tira une autre bouffée de sa Grifa puis exposa calmement :

— Apparemment, il y a quelque chose qui ne tourne pas rond, Grigor. Bon, on ne va pas passer le reste de la nuit là-dessus ! Je suppose que si tu es venu me voir, c'est que tu as un service à me demander. Tu sais que je ferai tout ce qui est en mon pouvoir pour t'aider.

Pradovsk hocha la tête sans répondre puis, soudain, descendit son verre cul sec avant de le reposer sur le bureau.

— Alors ? insista Bragavoï. Tu es venu jusqu'ici et maintenant tu te dégonfles ? Tu ne me fais plus confiance ?

— Oh si, susurra Pradovsk d'une voix presque inaudible. Seulement, je ne sais pas si tu vas vraiment pouvoir m'aider...

Bragavoï s'impatienta.

— Raconte, bon Dieu ! Que je sache au moins sur quel pied danser ! Ma parole, on dirait que le ciel vient de te tomber sur la tête !

— Ça ne pourrait pas être pire, Anton. Nina Mertzlota a disparu.

Anton Bragavoï secoua la tête comme un

homme qui vient d'encaisser un direct du gauche. Il écrasa sa Grifa puis se mit à l'éplucher nerveusement au-dessus d'un petit cendrier d'alu.

— Tu es sûr ? fit-il enfin.

Pradovsk hocha la tête.

— Elle est sortie de l'institut à neuf heures, comme elle le fait tous les matins. Elle a l'habitude de faire le tour du pâté de maisons en petites foulées puis d'aller boire un café au rez-de-chaussée avant de remonter au travail. Après l'incartade de Chicago, elle semblait complètement rentrée dans le rang. On ne la surveillait plus que d'un œil. Cette salope cachait bien son jeu, Anton. Elle m'a eu, encore une fois.

— Enfin, Grigor... Essayons de récapituler clairement les choses. Tu es absolument sûr de ce que tu dis ? Elle a pu avoir une visite imprévue à faire... Un malaise dans la rue... Je ne sais pas, moi ?... Tu as vérifié les entrées des hôpitaux.

Grigori Pradovsk sortit brusquement de sa torpeur et lâcha d'un ton presque agressif :

— Une visite imprévue ! Non mais tu rigoles, ou quoi, Anton ? Quand Nina a une visite à faire, j'en suis le premier informé ! Je ne la laisse pas y aller seule, enfin !

— Vous aviez renoué ?

Pradovsk haussa les épaules, de plus en plus crispé.

— Tu parles... Ce n'est pas faute d'avoir tenté ma chance, pourtant. Mais elle m'a envoyé promener comme un malpropre !

Bragavoï ne put retenir un petit sourire.

— En tout cas, siffla Grigori Pradovsk, je peux te dire qu'elle n'a pas fréquenté d'autre homme depuis son retour ici.

— Tu as questionné ses collaborateurs ?

— Oui. En essayant de ne pas trop leur mettre la puce à l'oreille, bien entendu. Mais, tu parles, ils ont tous compris ! En plus, les interrogatoires m'ont permis de mettre à jour des choses... des choses...

Soudain, Pradovsk bondit de son siège et se mit à marcher de long en large dans le bureau en crachant d'une voix fielleuse :

— Ah, la salope, *la salope,* LA SALOPE ! Il faut que je la trouve, que je la coince, tu m'entends, Anton ? Je ne peux pas la laisser s'en tirer après ce qu'elle m'a fait !

— Du calme, bon Dieu ! exhorta Bragavoï. Explique-toi au lieu de faire ce cirque.

Pradovsk souffla violemment tout l'air qu'il avait dans les poumons puis se rassit, un peu plus calme.

— Voilà, reprit-il. Tu sais comment ça se passe quand on interroge les gens...

Bragavoï hocha la tête d'un air entendu.

— Ouais, je connais la musique. Les gens ont la trouille. Ils ne veulent pas se mouiller. Alors, ils te disent ce qu'ils ont à te dire pour ne pas être accusés d'avoir menti. Mais comme les influences ont une nette tendance à changer par les temps qui courent, ils ménagent leurs arrières. Normal, ils ne veulent pas non plus être accusés d'avoir dit du mal de Untel ou Une Telle, pour le cas où la brebis galeuse d'un jour retrouverait tout à coup grâce aux yeux de nos dirigeants.

— Exact, confirma Grigori Pradovsk, d'une voix moins tendue. Donc ils te disent ce qu'ils ont à te dire tout en t'en disant le moins possible et sans avoir vraiment l'air de te le dire. A toi de tirer tes conclusions.

Bragavoï sourit à nouveau.

— La formule est on ne peut plus appropriée. Et on peut savoir quelles conclusions tu as tirées ?

Pradovsk marqua un silence puis lâcha d'une voix sans timbre :

— Je suis pratiquement sûr que Nina n'a pas cessé de jouer la comédie depuis qu'on l'a ramenée ici. Son revirement n'était qu'une habile comédie pour mieux nous inciter à relâcher notre surveillance.

— Qu'est-ce qui te permet d'affirmer une chose pareille ? s'étonna son collègue.

Le jeune officier blond se leva, attrapa la bouteille de sliwowitz et se servit un verre, qu'il vida avant de répondre :

— D'après ce que j'ai compris en questionnant les membres de son équipe, Nina faisait tout pour retarder l'aboutissement des recherches entamées par Pidzovski. Elle leur faisait faire des expériences longues, coûteuses et inutiles. Elle oubliait des équipements indispensables lorsqu'elle passait ses commandes de matériel. Elle mettait deux ou trois jours pour se rendre compte de ses erreurs, rectifiait le tir sur un point donné mais s'engageait dans une fausse voie sur un autre point. Je t'en passe et des meilleures. Bref, elle se débrouillait pour saboter le travail.

— Et les autres n'ont rien dit ?

Pradovsk laissa échapper une onomatopée presque méprisante.

— Enfin, Anton ! Ne te fais pas plus bête que tu n'es ! On dirait que tu ne sais pas comment ça se passe !

— Ouais, admit Anton Bragavoï. La trouille... Tant qu'on ne leur demandait rien, ils la bouclaient parce qu'ils mouillaient. Aller de son propre chef accuser une chargée de recherches de saboter le travail est une chose qui ne se fait pas...

Pradovsk écarta les bras dans un geste désabusé.

— Et voilà où j'en suis.

— Qu'est-ce que tu as fait jusqu'à présent ? s'enquit Bragavoï, soucieux de voir les choses sous un angle positif.

— Rien, répondit Pradovsk. Qu'est-ce que tu voulais que je fasse ?

— Tu n'as pas averti tes supérieurs ? souffla Bragavoï, sidéré.

Grigori Pradovsk s'éclaircit la voix puis, regardant son ami droit dans les yeux, déclara gravement :

— Anton, c'est toi que je suis venu voir parce que tu es le seul dans ce pays à qui je puisse parler en toute confiance. J'espère que ce qui s'est dit ou se dira ce soir restera entre toi et moi.

— Sois tranquille, assura Bragavoï.

Pradovsk se massa un moment le nez entre le pouce et l'index avant de reprendre :

— Jusqu'à présent, j'ai étouffé l'affaire parce que je suis parfaitement conscient d'une chose : je n'ai qu'une solution pour m'en sortir. Retrouver Nina moi-même. Dans l'état actuel des choses, si je dis quoi que ce soit à qui que ce soit en dehors de toi, je suis bon pour le goulag. Et du mauvais côté des barbelés.

— Je comprends, Grigor, je comprends..., bafouilla Bragavoï, qui commençait à s'inquiéter non plus pour son ami mais pour son propre matricule. Je... Mais comment comptes-tu la retrouver, ta Nina ?

Pradovsk se rassit, croisa les jambes et redressa le buste pour tenter de se donner un air digne. Le brillant capitaine Grigori Pradovsk n'avait pas l'habitude de demander de l'aide à ses amis et il se sentait singulièrement en état d'infériorité.

— J'ai bien réfléchi à la question, commença-t-il. J'y ai même passé plus de la moitié de ma journée.

— Alors ? relança Bragavoï, tendu.

— Il n'y a pas trente-six solutions. Nina n'est pas une idiote. Elle a dû prendre des contacts avant de disparaître dans la nature. Et ces contacts, avec qui les a-t-elle pris ? Les Américains, ça va de soi. Ils lui ouvraient les bras à Chicago. On la leur a soufflée sous le nez au prix de deux morts : un homme du FBI et Piotr. Il y a eu aussi deux blessés : mon très cher ami Greg DePaul, de la CIA, et un autre type, inconnu au bataillon. Ils l'ont évacué vite fait et il a aussitôt disparu de la circulation. A mon avis, il s'agit de ce Christian Van Heck, que

Nina avait essayé de contacter peu avant son enlèvement à l'université.

— Un faux nom, sans aucun doute, opina Bragavoï.

— Ça va de soi, fit Pradovsk. Ça n'a d'ailleurs aucune espèce d'importance. Ce qui en a, par contre, c'est que la CIA, quand elle s'est mis dans le crâne de mettre la main sur quelqu'un, a généralement de bonnes raisons de le faire. Conclusion, Nina les avait alléchés.

— Sûr, répondit Bragavoï en servant deux autres verres de sliwowitz.

Il commençait à flairer ce que Pradovsk venait lui demander et, malgré la température tout juste suffisante qui régnait dans son bureau, il sentait la sueur lui perler entre les omoplates.

Grigori prit son verre et se mit à le siroter par petites gorgées tout en poursuivant ses explications :

— Si Nina a disparu, c'est qu'elle a eu l'occasion de faire une nouvelle tentative de passage à l'Ouest. Et cette occasion ce sont les Américains qui la lui ont offerte. De deux choses l'une : soit elle est dans leur ambassade, et dans ce cas elle ne quittera pas Moscou si tu veux bien me rendre le service de faire surveiller les entrées et les sorties avec une vigilance exceptionnelle.

— C'est encore dans mes possibilités, affirma Bragavoï, partiellement rassuré.

— Soit..., reprit Pradovsk.

Il se tut, le temps de boire une gorgée de sliwowitz.

— Soit ? relança l'autre, impatient.

— Soit elle est déjà en route pour s'embarquer quelque part à destination des Etats-Unis. *Et, s'ils ont bien préparé leur coup, c'est le plus probable !*

— Tu as raison, admit Bragavoï, nerveux. Mais, dans ce cas, je ne vois pas ce que je peux faire...

— Moi, je le vois.

Bragavoï changea de tête.

— Je... Je ne comprends pas. Regarde les choses en face, Grigor ! Je ne peux pas envoyer des hommes surveiller chaque gare, chaque port du pays sans avoir d'ordre d'en haut ! Je ne parle pas des aéroports simplement parce qu'il va de soi qu'elle ne partira pas par avion. Ce n'est pas envisageable.

— Encore une fois, Anton, j'ai bien réfléchi. Si tu devais quitter le pays incognito, qu'est-ce que tu ferais ?

Bragavoï trempa les lèvres dans son verre. Il se torcha la bouche d'un revers de manche, espérant, par la même occasion, faire disparaître la goutte de sueur qu'il sentait grossir entre son nez et sa lèvre supérieure.

— Je..., murmura-t-il, je n'y ai jamais pensé...

Pradovsk le regarda avec une petite grimace cynique.

— Pas avec moi, Anton ! On y a tous pensé, à un moment ou à un autre !

Se rendant compte qu'il y allait un peu fort, Pradovsk ajouta d'un ton rassurant :

— Enfin, Anton, bien sûr qu'on y a tous pensé pour le cas où on serait amenés à prendre en chasse un candidat à l'évasion. Personnellement, je ne vois qu'une porte de sortie : la mer.

Anton Bragavoï tira un mouchoir de sa poche et s'épongea le front.

— La mer..., répéta-t-il pensif. Oui, tu as raison. Il n'y a que ça.

Pradovsk sourit à nouveau.

— Et pas n'importe quelle mer. La Baltique. Ils ne vont pas se tirer par la Caspienne pour atterrir en Iran ! Ils ne vont pas essayer de franchir le détroit de Béring ! Ils vont foutre le camp par la Baltique ! C'est clair et net ! D'ailleurs tous ceux qui ont réussi à fuir sont passés par là. Gagner la Finlande par la terre, beaucoup trop risqué, les autorités finlandaises ont un accord avec le Kremlin pour restituer les fugitifs.

Bragavoï approuva d'un hochement de tête puis, tout à coup, demanda :

— Pourquoi dis-tu « ils » ? Jusqu'à preuve du contraire, Nina Mertzlota est seule.

— Tu penses bien que les Américains lui ont donné une escorte. Et c'est peut-être là-dessus qu'on va pouvoir jouer pour les repérer.

— Ouais, bien sûr. N'empêche que ça fait quand même un gros morceau de littoral à surveiller et que je n'ai absolument pas les moyens de lancer une pareille opération.

— Ce n'est pas non plus ce que je te demande, Anton.

— Quoi, alors ? s'informa Bragavoï.

Il avait redouté le pire et, maintenant, se sentait respirer un peu plus librement.

— C'est bien toi qui centralises les rapports sur les activités suspectes observées dans le quart nord-ouest du pays ?

Bragavoï acquiesça d'un mouvement de tête.

— Je voudrais simplement que tu me signales tout ce qui pourrait ressembler à Nina Mertzlota et à une escorte d'un ou deux Américains. Ils ne peuvent pas être plus nombreux.

Bragavoï s'absorba dans une longue, longue réflexion. Il sentait le regard fixe de Grigori braqué sur lui. Finalement, il releva la tête et murmura :

— D'accord, Grigor, j'accepte. Mais c'est

vraiment parce qu'on est amis depuis longtemps et... hemm... dans certaines limites.

— Lesquelles ? demanda Pradovsk avec un brin d'agressivité dans le ton.

— Tu es parfaitement conscient de ce que tu risques, mon vieux. Tu me l'as dit toi-même il y a quelques minutes. Si tu te fais pincer et que je suis convaincu de complicité, je suis exactement dans le même sac. Je compte sur ton silence absolu au cas où tu te ferais prendre.

— Tu as ma parole. Même si on me tabasse, je jurerai que j'ai agi en solitaire.

— De plus, ajouta Bragavoï, je le fais pendant soixante-douze heures. Pas une seconde de plus. Passé ce délai, plus personne ne pourra maquiller la disparition de Nina Mertzlota.

— Entendu, répondit Grigori Pradovsk. De toute façon, si leur coup est bien monté, ils ne mettront pas tout ce temps pour déguerpir. Et puis... je suis décidé à faire vite. Je veux sauver ma peau, objectif numéro un. Mais j'ai aussi un compte personnel à régler avec cette petite ordure de Nina. Je serai seul et ils seront probablement plusieurs. Si je n'arrive pas à la ramener en douceur, je les bousillerai tous ! Ça me procurera au moins quelques instants de plaisir intense.

— T'excite pas, fit Bragavoï, apaisant. Tu as

tout intérêt à la ramener entière et en bonne santé.

— Je sais..., grogna Grigori Pradovsk, une lueur meurtrière au fond de son regard bleu. Je m'y efforcerai. Mais, s'il n'y a pas d'autre solution, je la couperai en rondelles. Elle et tous ceux qui l'accompagnent ! Dussé-je y laisser ma peau !

Anton Bragavoï alluma une Grifa et souffla la fumée au-dessus de la tête de Grigori en exposant d'un ton rasséréné :

— Je vais t'enfermer ici pour m'éclipser à l'informatique voir si je trouve quelque chose qui t'intéresse. Tu n'ouvres à personne et tu ne réponds pas au téléphone, vu ?

— Vu, affirma Pradovsk.

— Quel secteur de recherche en priorité ?

— Moscou, bien sûr, répondit Grigori. Ensuite, les routes et les voies ferrées conduisant vers l'Estonie et la Lettonie. Ils ne tenteront jamais le coup par Leningrad, ce serait du suicide.

— Et la Lituanie ? interrogea Bragavoï.

— Regarde toujours, mais ça m'étonnerait. Beaucoup trop à l'ouest. Ça les rallongerait.

— A tout à l'heure, dit Bragavoï en se levant. Et n'oublie pas d'éteindre la lumière après mon départ. Tu n'y es pour personne.

— Je serai aussi invisible qu'un agent secret,

promit Pradovsk en assenant une vigoureuse claque entre les épaules de son ami.

Dès que Bragavoï fut sorti, il éteignit et attendit que son regard se soit accoutumé à l'obscurité. Des rais de lumière bleue filtraient à travers les persiennes : les lampadaires de la place Dzerjinski. Un moment plus tard, Grigori voyait presque aussi bien qu'en plein jour. Il retourna vers le bureau et se servit un verre de sliwowitz pour se soutenir le moral en attendant le retour d'Anton.

Une phrase obsédante ne cessait de tourner dans son esprit : *Pourvu qu'il trouve quelque chose ! Pourvu qu'il trouve quelque chose !*

A cet instant, si Grigori Pradovsk avait cru en un Dieu quelconque, il aurait très probablement prié au lieu de vider méthodiquement la bouteille de sliwowitz de son ami Anton Bragavoï.

*
**

Nina ne mit guère de temps à retrouver ses sens.

— Pas besoin d'un petit bouche-à-bouche ? s'informa le Mercenaire.

Elle se releva en s'accrochant à lui. Levant les yeux, elle fit visiblement un gros effort pour esquisser un pâle sourire.

— Voilà ce que ça rapporte de se soûler la gueule avec des inconnus ! sermonna Frost, mi-goguenard, mi-furieux.

Nina se serra contre lui et les séquelles de colère s'envolèrent bien vite. Il l'enlaça et lui frictionna le dos pour la réconforter. Elle se laissa faire avec volupté pendant un petit moment puis s'écarta en demandant :

— Qu'est-ce qu'on va faire, maintenant ?

— Je ne vois qu'une solution. Piquer le camion et se tirer avec.

— Mais l'autre ? Feliks a dit qu'il était en train de charger.

— Reste ici et rassemble nos affaires. Je vais voir comment se présente l'enfant.

Nina se mit à secouer la tête avec l'air d'une mère affectueusement dépassée par les frasques de son garnement.

— Je me demande comment tu peux avoir l'air aussi détaché en pareil moment...

— Question d'image de marque, baby.

Nina haussa les épaules, l'air bougon, puis brusquement, elle changea de tête et s'exclama :

— Je t'accompagne, Hank !

— Pas question, répondit le Mercenaire.

— Hank, j'ai peur ! Ne me laisse pas ici toute seule.

L'homme au bandeau noir lui tendit son Browning High Power.

— Tiens. Prends ça. Tu sais t'en servir ?

— J'ai le mien dans mon sac, bredouilla la fille. Ce n'est pas ça... Je... Non, ne me laisse pas toute seule...

C'est alors que Frost comprit en suivant le regard de Nina. Elle avait les yeux braqués sur la couverture kaki. Et sous la couverture, on devinait la silhouette grossière de Feliks, immobilisé à jamais dans la raideur de la mort.

— C'est lui qui te fout le trac, hein ?

Elle hocha piteusement la tête.

— Mais dis donc, remarqua Frost, tu as dû pourtant disséquer un sacré paquet de cadavres dans ta vie...

— Je... Oui... Mais tu ne peux pas comprendre. Ce n'est pas pareil.

Frost sourit.

— Si, je crois que je comprends. Le cadavre d'un inconnu mort dans un hosto, c'est une chose sans nom, impersonnelle. On peut le couper en petits bouts sans même penser qu'un jour cet assemblage de viande, d'os, de nerfs et je ne sais quoi encore a été un homme vivant qui disait « je » en parlant de lui-même, qui aimait une femme, qui passait affectueusement la main dans les cheveux de ses petits enfants... Mais un type à qui on a parlé, qui vous a touché et qu'on a pratiquement vu crever sous ses yeux d'un coup de shurikan dans le front, c'est autre chose, hein ? Ça vous fait un gros nœud dans le ventre.

— Oui, avoua Nina.

Puis elle sourit et ajouta :

— Dans le fond, je crois que j'accepte la proposition que tu m'as faite à Chicago.

Le Mercenaire fronça les sourcils.

— Quelle proposition ?

— Celle de me donner ton cerveau à disséquer. Plus je t'observe, plus je me dis que, malgré tes airs de flibustier, il y a peut-être quelque chose d'intéressant à étudier là-dedans ?

— Nina Mertzlota ! lança le Mercenaire, menaçant.

— Oui ? fit la fille, narquoise.

— Encore un mot et je te plaque ici. Je te boucle avec Feliks et je me tire !

L'hilarité s'effaça instantanément du visage de la fille.

— Allez, fit le Mercenaire, bon prince. Je fais le ménage avant de partir.

Il empoigna le cadavre par les pieds et le tira à l'extérieur, sous le regard hautement soulagé de Nina. Une minute plus tard, elle vit la porte se rouvrir et sursauta.

— Ce n'est que moi, fit l'homme au bandeau

noir en passant la tête par l'entrebâillement. C'est juste pour te dire que Feliks est au frigo et que son copain a eu un malaise en chargeant le camion.

D'un coup de pied, il acheva d'ouvrir la porte et apparut, l'autre bûcheron assommé jeté sur une épaule. Il déchargea l'homme inanimé sur l'une des paillasses et ajouta :

— Je ne savais pas où le ranger et je me suis dit qu'il allait attraper du mal dehors. Comme c'était chauffé ici...

Effarée, Nina se prit la tête entre les mains.

— Oh, Hank, gémit-elle, oh... Je crois que j'aurais mieux fait de rester où j'étais... Devenir folle à Moscou ou devenir folle à cause du type qui vient vous arracher aux griffes de Moscou, je me demande si c'est un choix.

Frost avait retrouvé son sérieux. Il avait sorti une corde de son sac à dos et s'employait à ficeler le Soviétique.

— Cherche les papiers dans la poche gauche de mon sac, ordonna-t-il. Il y a des autorisations de circuler avec un blanc pour le numéro et la marque du véhicule. Tu t'y entends mieux que moi pour déchiffrer les paperasses en cyrillique.

La fille fouilla la poche et trouva très vite le papier en question.

— Tu sais qu'on a du pot dans un sens, ajouta le Mercenaire.

— Pourquoi ?

— Ils doivent bien avoir une machine à écrire quelque part dans les bureaux de la scierie. C'est juste le genre de détail tout con auquel il fallait penser. Tu nous vois, si on se fait contrôler, en train de présenter des papiers avec le numéro du camion écrit à la main ?

— Non, effectivement, admit Nina. Mais ce que je ne vois surtout pas, c'est Mr. Frost Hank en train de s'expliquer avec la police...

— J'ai ma petite idée, fit l'homme au bandeau noir. Ça peut marcher à condition que tu prennes le volant et que tu joues ton rôle de façon convaincante.

— A quoi tu penses ?

Le Mercenaire avait fini de ligoter son homme. Il se releva, légèrement essoufflé, et regarda Nina avant de répondre :

— Je ferai semblant d'être ivre mort, tout bêtement. Soûl comme un Polonais. Un peu de vodka dans les cheveux et sur ma pelisse et dodo. Tu essaieras de me secouer mais je peux te jurer que je ne réagirai pas.

D'abord, Nina parut estomaquée puis, en y réfléchissant un peu plus, elle se convainquit que le stratagème pouvait marcher.

— Pas si bête..., finit-elle par admettre. Je t'apprendrai quelques gros mots en cours de route. Ça fera plus vraisemblable.

*
**

Grigori Pradovsk entendit une clef grincer dans la serrure. Instinctivement, il bondit de sa chaise et alla s'accroupir derrière le bureau. La lumière se fit et la voix d'Anton lança :

— Tu peux sortir de ton trou, vieux rat ! J'ai quelque chose qui va peut-être t'intéresser.

Grigori se releva avec la brutalité d'un diable sortant de sa boîte.

— Hein ?

Anton essaya de le calmer.

— Tout doux... Tout doux... Ça peut être valable comme ça peut ne présenter aucun intérêt.

— Tu accouches, oui ou merde ?

Tout à coup, Bragavoï prit conscience du pouvoir qu'il avait sur son arrogant ami. Il contourna lentement son bureau et s'assit puis alluma paisiblement une Grifa, prenant plaisir à faire languir Grigori. L'autre comprit immédiatement. Il s'installa sur sa chaise et attendit. Bragavoï tira deux bouffées avant de laisser tomber d'un ton détaché :

— Le groupe de télésurveillance signale un incident avec une limousine de l'ambassade américaine.

De nouveau, Anton tira sur sa Grifa, marquant un long silence. Grigori se sentait bouillonner mais faisait un effort surhumain pour n'en rien laisser transparaître. Enfin, jugeant que le supplice avait assez duré, Bragavoï lâcha le morceau :

— En analysant la chose de près, je me dis qu'on aurait bien pu transférer un ou plusieurs individus du coffre de cette limousine vers un autre véhicule. Tu connais le coup du transport dans les coffres des véhicules diplomatiques, bien entendu...

— Bien entendu, reprit Grigori. Ça a été utilisé des dizaines de fois pour des exfiltrations entre les deux secteurs de Berlin.

— Voilà ce dont il s'agit, enchaîna Bragavoï. La limousine s'est arrêtée à la sortie ouest de Moscou. Pneu crevé. Moins de dix secondes plus tard — et c'est ça le truc louche de l'affaire —, un camion Moskvitch s'est garé derrière. Les gars sont descendus et ont proposé de l'aide aux Américains. Les hommes de la télésurveillance étaient dans une Zil. Ils sont passés trente secondes après et tout le monde semblait affairé autour de la roue.

— Ils se sont arrêtés ? demanda Grigori, anxieux.

— Oui. Ils ont demandé poliment s'ils pouvaient être utiles. On leur a répondu que non, tout allait bien. Ils sont repartis. Ce n'est pas leur genre de s'imposer pour se faire repérer.

— Et après ?

— Le Moskvitch est reparti. La limousine aussi. C'était la voiture qu'ils surveillaient, pas le camion. Ils l'ont suivie jusqu'au domicile d'un diplomate américain. Elle s'est arrêtée. Un homme est entré. Le chauffeur a attendu une vingtaine de minutes en laissant tourner le moteur pour le chauffage, puis l'autre homme est revenu et ils sont paisiblement rentrés à l'ambassade.

— Mais... Le camion ?... C'est ça qui m'intéresse !

— Le camion est reparti, je te dis.

Malgré tous ses efforts, Grigori ne parvint pas à garder son sang-froid.

— Mais ils ont noté le numéro du camion, oui ou merde ?

— Oui, évidemment. Ces gars-là font leur boulot.

— Alors ?

Un petit sourire aux lèvres, Bragavoï nota le numéro sur un papier, qu'il poussa vers Pradovsk en précisant :

— Un Moskvitch vert, PTR six tonnes.

— Tu as interrogé le répertoire ?

— Le bahut est celui d'une scierie. Il est immatriculé au nom de Feliks Protopkine, exploitant agricole et sylviculteur indépendant en contrat avec l'Etat.

— A quel endroit ?

Bragavoï se leva et s'approcha d'une carte punaisée au mur crème sale de son bureau. Plaçant un doigt à la sortie ouest de Moscou, il décrivit un trajet sinueux à travers le Valdaï, redescendit en poursuivant vers le nord-ouest et s'arrêta sur un point, au bord d'un minuscule cours d'eau dont le nom n'était même pas mentionné sur la carte.

— C'est ici, dit-il, juste au bord de ce torrent.

— Tu connais le nom ?

— La Balaï. Tu ne pourras pas me reprocher de faire les choses à moitié.

— Merci, Anton ! Je te revaudrai ça, c'est promis. Maintenant, tu comprendras que je file sans plus attendre.

Grigori Pradovsk tendait la main vers le papier sur lequel figurait l'immatriculation du Moskvitch mais Bragavoï le lui rafla prestement sous le nez.

— Moi, fit-il, parodiant son ami, tu comprendras que je détruise ceci sans plus attendre. Je trouve un peu trop compromettant de te laisser un papier écrit de ma main. Tu as enregistré le numéro ?

Pradovsk hocha la tête.

— Parfait, apprécia Bragavoï.

Il craqua une allumette et brûla le papier dans son cendrier. Puis, après avoir tiré une dernière bouffée de sa Grifa, il l'écrasa au milieu du tas de cendres noires.

— Ne t'emballe pas trop vite, ajouta-t-il. Garde ton calme et ta lucidité, Grigori. D'accord, Nina Mertzlota a disparu. D'accord, une limousine de l'ambassade américaine et un camion Moskvitch ont eu ce soir une attitude qu'on pourrait très éventuellement qualifier de bizarre. Mais rien, à part tes soupçons personnels, ne permet d'établir un lien entre ces deux faits. Sois prudent.

— Prudent, je le serai, affirma Pradovsk avec une mimique de bouledogue prêt à mordre. Le fauve à l'affût est toujours prudent. Toi, tu as des doutes, Anton, c'est normal. Tu es hors du coup. Moi, je te dis qu'on a retrouvé la piste de Nina ! Je le sens ! Je sais que si je suis assez rapide, je la tiens !

— Je l'espère pour toi, fit Bragavoï, sceptique.

— Allez ! trancha Grigori, trêve de discussion, je fonce à cette scierie !

— Sans voiture ? Sans ordre de mission ? Comment comptes-tu y arriver ?

— Sois tranquille, je vais m'arranger.

— Fais gaffe, Grigor ! J'ai l'impression que tu te mets dans un sacré pétrin...

— Le pétrin, j'y suis déjà jusqu'au cou. Je n'ai pas le choix. Soit je m'y enfonce complètement, soit je m'en sors. De toute façon, si je reste le cul dans mon bureau à attendre que l'affaire éclate, je suis cuit. Je préfère de loin l'action.

— Ouais, grommela Bragavoï. Au fond, je te comprends. Je ferais probablement la même chose à ta place. Mais n'oublie pas : soixante-douze heures ! Pas plus !

— Je n'oublierai pas, promit Pradovsk. Et je t'appellerai de la scierie pour te mettre au courant.

— Pas question de prendre ce risque, protesta Bragavoï. C'est moi qui t'appellerai. Mettons dans deux heures. En bombant, tu y seras. Et quelque chose me dit que tu va bomber.

— Si tu m'appelles d'ici, je ne vois pas ce que ça changera, objecta Pradovsk.

— Mais je n'ai pas du tout l'intention de t'appeler d'ici.

— D'où alors ?

— De l'appartement de Mertzlota, par exemple. Tu vas me donner le double des clefs.

Grigori Pradovsk laissa échapper un grand éclat de rire cynique.

— Tu as l'intention d'aller faire une fouille là-bas !

— Pas du tout, répliqua Bragavoï. Je sais parfaitement que tu es déjà passé. C'est simplement le seul endroit à mon sens où je pourrai t'appeler sans trop de risque.

— Tu rigoles, ou quoi ? Elle est sur écoute !

— Je sais. Mais seulement de neuf heures du matin à minuit. On n'a pas d'argent à foutre en l'air pendant les heures creuses.

— Qui te l'a dit ? questionna Pradovsk, estomaqué.

— Je l'ai lu sur les registres, répondit Anton Bragavoï. J'ai remplacé Kobelev à la supervision des magnétos il y a quinze jours pendant sa grippe.

Il paraissait sincère et fermement décidé à ne pas prendre le moindre risque pour lui-même. Grigori capitula. Il tira de sa poche un trousseau de clefs qu'il lui tendit.

*
**

Un quart d'heure plus tard, le capitaine Grigori Pradovsk traversait Moscou endormie au volant d'une Volga noire. La voiture était parfaitement en règle. Pradovsk était muni de bons d'essence, d'une autorisation de circuler et d'un ordre de mission, parfaitement en règle, eux aussi, pour la bonne raison que l'officier avait pris les formulaires dans son bureau personnel et les avait validés en y apposant le cachet de son commandant d'unité.

Inconsciemment, Pradovsk accéléra peu à peu jusqu'à l'extrême limite de la prudence. Il sourit. Puis son sourire se transforma en rictus et il accéléra encore.

Il était pressé, très pressé.

Déjà, il avait l'impression de sentir sous ses doigts le cou frêle de Nina. Et ses mains serraient, serraient, serraient...

CHAPITRE XI

— Encore combien de bornes avant ce passage à niveau ? demanda le Mercenaire.

— Huit, répondit Nina. C'est là qu'on risque le contrôle.

— OK. On change de place. Si madame Quo Vadis veut bien prendre le volant…

— Kaopratis ! rectifia Nina, agacée. Maria Kaopratis.

Le Mercenaire serra le frein à main et la regarda en souriant.

— Bof… Je ne vois pas l'intérêt de me fatiguer à me rappeler mon nom puisque je ne suis pas censé prononcer une parole.

Pendant que Nina se glissait par-dessus lui pour passer au volant du Moskvitch, Frost la saisit par la taille et exerça du bout des doigts une petite pression qui la fit sursauter. Elle eut un halètement suffoqué puis s'écria :

— Hank ! Arrête ! Je suis déjà assez nerveuse comme ça ! Tu me mets les nerfs à vif.

— C'était juste pour te mettre dans de bonnes dispositions pour la scène de ménage qu'on va leur offrir, s'esclaffa l'homme au bandeau noir.

Nina haussa les épaules et fit repartir le camion.

Peu après, la barrière du passage à niveau apparut au détour de la route. Copieusement aspergé de vodka, Frost, enveloppé dans sa pelisse, ronflait comme un sonneur. Nina, alias Maria Kaopratis, poussa un profond soupir en détaillant la silhouette qui lui faisait signe de stopper dans le faisceau des phares.

— Ça y est ? informa le Mercenaire.

— Oui. Et on a de la chance d'être arrivés avant le lever du jour. Le gars du KGB est en train de ronfler dans la guérite. C'est le garde-barrière qui fait le contrôle.

Frost referma l'œil. Un instant plus tard, il sentit le camion faire halte puis un filet d'air froid entrer dans la cabine lorsque Nina baissa sa vitre. La fille tendit la main vers le vide-poche et s'empara des papiers fournis par les soins de Mortimer Crane. Elle allait les tendre à l'homme lorsque, voyant qu'il n'avait pas affaire à l'élément masculin du tandem, ce dernier repassa devant le camion et alla tambouriner à la vitre de Frost, qui continuait à ronfler bruyamment.

Le Mercenaire sentit Nina se pencher au-dessus de lui et ouvrir la fenêtre. Un grincement lui apprit que le garde-barrière était monté sur le marchepied. Très prudemment, il souleva la paupière de quelques millimètres et aperçut à travers ses cils une tête abondamment moustachue et coiffée d'une toque.

L'individu aboya quelque chose d'une voix gutturale. Le Mercenaire laissa échapper un borborygme et se tourna de l'autre côté.

— *Yob tvoye madj !* (1) grogna l'homme.

Empoignant Frost par le col de sa pelisse, il se mit à le secouer. Jouant son rôle à merveille, Nina se mit de la partie.

— Yarous ! Réveille-toi, espèce de vieil ivrogne ! hurla-t-elle en lituanien. Il y a un contrôle.

Frost laissa échapper un rot sonore.

— *Yob tvoye madj !* répéta le Russe. *Ty nyemiets* (2) *?*

— Yarous ! Vieux cochon ! Veux-tu bien te réveiller ! Si j'ai des ennuis à cause de toi, je te jure que je demande le divorce.

(1) Juron extrêment grossier, très en vogue parmi les militaires, et invitant l'interlocuteur à des rapports incestueux avec sa propre mère.

(2) Tu es muet ?

— *Schoudass* (1) Maria ! grogna l'homme au bandeau noir.

De toute la leçon que Nina lui avait faite pendant le trajet, c'était le seul mot qu'il se rappelait. Mais apparemment, ce fut suffisant pour rassurer le garde-barrière sur ses capacités à prononcer une parole. Avec un grognement méprisant et, à son corps défendant, il tendit la main et saisit les papiers que Nina agitait depuis déjà un moment.

— Ah ! grommela-t-il. Des Lituaniens ! M'étonne pas. Ce ne seraient pas de bons maris russes qui se soûleraient pareillement.

Les papiers étaient établis au nom de M et Mme Yarous Kaopratis, originaires de Kaunas et résidant à Moscou. L'autorisation de circuler était valable entre Moscou et Riga pour une durée de quinze jours à bord de tout type de véhicule motorisé. Les papiers de Feliks étaient en règle et le moustachu ne jugea pas utile de poser des questions sur la raison pour laquelle Nina et le Mercenaire se déplaçaient dans un camion d'entreprise.

— Allez, roulez, grogna le garde-barrière. Vous avez de la chance d'être tombés sur moi. Avec la police, ça ne se serait sûrement pas

(1) Merde en lituanien.

passé aussi bien, vu l'état dans lequel se trouve ce cochon puant.

Frost crut bon d'approuver sous la forme d'un rot tonitruant. Craignant de mourir asphyxié, le cheminot sauta au bas du marchepied en s'exclamant, hilare :

— Essayez quand même de le dessoûler avant le retour, madame Kaopratis !

Nina assura qu'elle ferait tout son possible et s'empressa de redémarrer tandis que l'homme allait lever la barrière.

— Bon Dieu ! murmura-t-elle dès qu'ils eurent franchi le passage. Qu'est-ce que j'ai pu transpirer !

— Et moi donc..., murmura Frost. J'avais oublié ma leçon de lituanien ! En plus, je suis parfumé pour un bon moment. Ah, la vache !

— Ça tu peux le dire, mon pauvre Hank ! approuva la fille. Qu'est-ce que tu...

Le reste de sa phrase se noya dans le tintamarre d'un train qui passait à petite vitesse dans leur dos. Brusquement, Frost sursauta d'une manière probablement très proche de celle d'Archmimède le jour où il poussa son légendaire « eurêka ! ». Il dut hurler pour se faire entendre :

— Nina !

— Tu ne peux pas attendre que ce train ait fini de passer ? cria la fille.

— Non, justement ! Il va où ce train ?

Le vacarme commençait à s'estomper à mesure qu'ils s'éloignaient de la voie et Nina put répondre sans se briser les cordes vocales :

— C'est le train Moscou-Riga. Ligne de marchandises directe. Il transporte essentiellement du sable et du charbon.

— J'ai aussi vu des wagons à bestiaux.

— Il y en a, oui, fit Nina. La Lettonie est une terre d'élevage.

— Tu ne sais pas à quoi je pense ?

— Bon Dieu ! s'exclama la fille en ralentissant brusquement.

Le Mercenaire éclata de rire.

— Hé oui, baby ! Il fait chaud dans les wagons à bestiaux ! En plus, ça permet de voyager de jour, pour peu qu'on fasse attention aux visiteurs. Bien sûr, les voisins sont bruyants mais je crois qu'on s'habituera...

— J'en suis sûre ! jubila Nina, ravie que le Mercenaire ait pensé à ce moyen de transport providentiel. Et puis, ajouta-t-elle après une courte réflexion, ça va nous permettre de passer la frontière de Lettonie les doigts dans le nez !

Elle arrêta le camion sur le bord de la route et lança un regard morose vers les feux rouges du train qui s'éloignaient dans la nuit.

— Mais on l'a raté, observa-t-elle. Il va falloir attendre le prochain.

— Peut-être pas, dit le Mercenaire en dépliant la carte. Oui... Oui... C'est bien ce que j'avais repéré. En route, baby ! Et que ça saute ! Fais cracher à ce tacot tout ce qu'il a dans le ventre. On va rattraper notre train. Dans trois kilomètres, la route et la voie courent en parallèle pour traverser une vaste étendue marécageuse. On fonce, on rattrape le train et on saute en marche ! Vu la vitesse à laquelle il roule, ça ne posera aucun problème.

— Yaouh ! s'écria Nina tout excitée en écrasant l'accélérateur.

***

— Qui êtes-vous ? demanda Grigori en tranchant les liens du bûcheron ficelé sur la paillasse.

L'homme garda le silence. Avant de poursuivre plus avant, Pradovsk exhiba sa carte du KGB. Il avait erré pendant dix minutes dans la scierie déserte avant de buter sur le corps de Feliks et de découvrir la petite cabane de bois. Il n'avait pas une seconde à perdre. Si Nina était passée par ici, il fallait qu'il le sache au plus vite.

La vue de la carte délia miraculeusement la langue de l'individu, qui s'empressa de balbutier, l'œil dilaté de peur :

— Je jure que je n'y suis pour rien, *tovaritch gaspodine* ! Ma parole, tu dois me croire ! Tout ça, c'est la faute de Feliks et de ce salaud d'Américain ! Je ne voulais pas les aider, moi. C'est Feliks qui m'a forcé.

Le bûcheron avait les jambres libres mais les mains toujours liées dans le dos.

— Je t'ai demandé comment tu t'appelles ? aboya Pradovsk.

— A... Anatoli Pradoline, *tovaritch gaspodine*. Je... je te jure que je n'y suis pour rien... J'avais bien dit à Feliks qu'il ne fallait pas aider l'Américain... Il n'a pas voulu m'écouter... Et... et... voilà.

Il se redressa péniblement sur la paillasse. Pradovsk sentait une colère froide monter en lui.

— Tu vas t'expliquer clairement, oui ou non ? Qui est cet Américain ?

— Le... le diable capitaliste. Avec son bandeau noir sur l'œil..., gémit le bûcheron.

Pradovsk le gifla à toute volée. Pradoline s'écroula en arrière sur la paillasse.

— Son nom, bon Dieu ! rugit le capitaine du KGB, les yeux injectés de sang.

— Je... Je ne sais pas..., bredouilla Pradoline. Je... je ne sais rien. A part qu'il voulait partir à Riga avec la fille.

La fille... Nina ! Ça ne faisait aucun doute dans l'esprit enragé de Grigori Pradovsk.

— Celle-là non plus tu ne connais pas son nom, évidemment ? lâcha-t-il en décochant un coup de pied hargneux dans les reins du pauvre diable.

— Euh... Si, *tovaritch gaspodine,* elle nous l'a dit pendant le transport. Laisse-moi me rappeler...

— Dépêche, ou tu vas de nouveau avoir des nouvelles de ma botte !

— Oui, oui, *tovaritch gaspodine,* je... je... Nina ! Oui, j'en suis sûr ! Elle a dit à Feliks qu'elle s'appelait Nina.

Pradovsk dut rassembler tout ce qu'il lui restait encore de self-control pour ne pas pousser un rugissement de joie mauvaise. Il se contenta de récapituler d'une voix métallique qui fit frémir Anatoli Pradoline :

— Tu as bien dit Nina et un Américain ? Un seul ?

— Un seul, *tovaritch gaspodine,* avec un bandeau noir sur l'œil.

— Et ils veulent aller à Riga, c'est ça ?

— C'est ça, *tovaritch gaspodine,* c'est exactement ça ! Est-ce que je peux me relever maintenant ?

Grigori Pradovsk ne répondit pas. Il jubilait. Il avait raté Nina de peu. Et il avait le sentiment que le prochain rendez-vous serait le bon. Celui de sa vengeance. Mais, en même temps, il était perplexe. Que faire ? Essayer de suivre la piste de Nina et de l'Américain au bandeau noir ? Ou bien, plus simplement, aller les attendre directement à Riga ? La deuxième solution présentait des risques. Si les fugitifs se faisaient intercepter en cours de route, ils pouvaient très bien ne jamais atteindre Riga. Mais l'autre solution ? Pire encore ! Il n'avait pas le moindre indice en main pour savoir quelle route ils emprunteraient.

Le choix s'imposait. Et plus il s'imposait, plus Grigori le trouvait séduisant. Oui, il n'avait qu'une hâte. Sauter au volant de sa grosse Volga et foncer, foncer vers Riga.

Un bruit de corne intermittent le tira de sa frénésie de vitesse.

— Qu'est-ce que c'est que ça ? demanda-t-il.

— Le téléphone, répondit Pradoline. Ça paraît bruyant, dans la nuit, quand il n'y a personne. Mais, le jour, quand tout le monde est au travail et que les machines tournent, il arrive qu'on ne l'entende pas.

— Le téléphone..., répéta Grigori, rêveur.

Il consulta sa montre. Six heures moins cinq. C'était le coup de fil d'Anton Bragovoï. « La tuile ! » songea Pradovsk. La tuile n'était pas Anton à proprement parler mais l'idée de police qui s'associait à lui. Il y avait un mort, le nommé Feliks. Et au moins un vivant, Pradoline, pour raconter ce qu'il savait aux enquêteurs dès que ceux-ci seraient avertis.

— Je peux me lever? demanda Pradoline.

Pradovks ne répondit pas.

Ou, plus exactement, il répondit par une question :

— A quel heure sont-ils partis?

— L'Américain et la fille?

— Evidemment, imbécile!

— Euh... Je ne sais pas... Je... Il devait être un peu plus de quatre heures du matin la dernière fois que j'ai consulté ma montre. J'était en train de finir le chargement du camion.

— Le camion? Quel camion?

— Ils ont dû se sauver avec. On m'a assommé par-derrière. Je n'ai rien vu, *tovaritch gaspodine.* Après, je me suis réveillé ici. Oui... quatre heures du matin... Quatre heures et demie, peut-être...

— Tu ne pouvais pas le dire plus tôt, imbécile? glapit Pradovsk, fou furieux, en bourrant de coups les côtes du malheureux Anatoli Pradoline.

Puis il se calma et demanda :

— Vous n'étiez que quatre ici, cette nuit?

— Oui, *tovaritch gaspodine.* La fille, l'Américain, Feliks et... et moi.

— Personne d'autre, tu es sûr ?

— Tout à fait, *tovaritch gaspodine.*

— Parfait, parfait, murmura Pradovsk.

Il venait de trouver la solution pour que les enquêteurs n'apprennent jamais où avaient filé Nina et le Yankee. Une solution aussi simple que radicale.

— Lève-toi et va répondre, ordonna-t-il.

— Mais le téléphone ne sonne plus, *tovaritch gaspondine...*

— Tiens, c'est vrai. Lève-toi quand même. On va sûrement rappeler.

— Il... Il faudrait me détacher les mains pour que je puisse décrocher...

— Je te les détacherai quand on sera là-bas ! jappa sèchement Pradovsk.

Pradoline se leva péniblement, les mains liées dans le dos.

— Passe devant ! ordonna Grigori.

Anatoli Pradoline fit ce que lui ordonnait cet important *gaspodine.* L'idée de protester ou de trouver la chose étrange ne lui vint même pas à l'esprit.

Il allait atteindre la porte et se demandait comment l'ouvrir sans l'aide de ses mains lorsque le coup de feu claqua dans la cabane de bois. Il n'eut pas le temps de se rendre compte de ce qui lui arrivait. Sa calotte crânienne s'éleva vers le plafond en pirouettant comme une crêpe. Puis elle retomba sur le plancher. Pradoline s'écroula, sans un cri.

Grigori Pradovsk rengaina son pistolet, enjamba le cadavre sans même le regarder et sortit, piétinant le mouchetis de cervelle et d'esquilles osseuses qui jonchait le sol. La course à la vengeance s'annonçait bien. Le premier jalon lui avait appris où se trouvait Nina et il repartait sans laisser de témoin.

Sifflant un air martial, Grigori Pradovsk s'installa au volant de sa grosse Volga noire. Au même instant, la sonnerie du téléphone se remit à déchirer la nuit. Pradovsk eut une petite grimace.

— Fatigue-toi, Anton. Fatigue-toi, ricana-t-il. Personne ne viendra me retarder sur la route qui mène à Nina !

Toujours ricanant, il fit tourner la clef de contact et démarra.

***

— On a eu une de ces chances ! murmura Nina, tendue, prête à bondir sur le bord de la voie ferrée.

— Ouais, grogna Frost en serrant sur sa poitrine la mallette noire contenant les documents d'Aleksandr Pidzovski. Espérons que ça va durer jusqu'au bout !

Nina avait eu une bonne idée de se rappeler que le système d'alarme était raccordé au téléphone. Frost avait simplement escaladé un poteau et sectionné les fils qui reliaient le centre vétérinaire au réseau. Personne dans le laboratoire. Ils étaient entrés. Nina avait prononcé son « Sésame ouvre-toi », ils avaient pris la sacoche et avaient filé sans être inquiétés.

Le train arriva.

— Celui-là, dit Frost en désignant un wagon à bestiaux dont la porte était mal fermée.

Depuis trois jours qu'ils voyagaient ainsi en train-stop, il les repérait au premier coup d'œil. Il attrapa Nina par les hanches et l'aida à sauter, puis s'élança à son tour.

Quelques instants plus tard, ils étaient tous les deux dans le wagon, en train de repousser les moutons dont ils disputaient le territoire. A l'aide de deux palettes relevées et coincées contre les parois de la voiture, le Mercenaire construisit leur petite enclave, puis il rechercha un peu de paille propre — ou à peu près propre — et y étala leurs pelisses.

— Jusqu'à présent, on a eu droit aux veaux, aux poules et aux bottes de paille, observa le Mercenaire, amusé. Pas encore aux moutons.

— Ils sont mignons tout plein, regarde-moi ça..., fit Nina en tendant la main pour caresser une grosse brebis qui approchait sans crainte.

— Arrête, s'esclaffa l'homme au bandeau noir. Tu vas me rendre jaloux.

Nina haussa les épaules puis se débarrassa de son sac à dos. Elle le jeta près du sac de Frost et de la malette puis s'allongea sur les pelisses. Avec un long soupir d'aise, elle se déchaussa.

— On sera à pied d'œuvre avant le lever du jour, dit l'homme au bandeau noir. Pourvu qu'on trouve un bateau rapidement, on aura le sous-marin aujourd'hui. Tu te rends compte ?

Nina ne répondit pas. Doigts croisés derrière la nuque, elle contemplait fixement le plafond, éclairé par intermittence au passage d'un réverbère. Non, elle n'arrivait pas à le croire.

Le Mercenaire poussa un grognement de fauve affamé et l'embrassa. Moins d'une seconde plus tard, la fille était débarrassée de son chandail vert. Frost commença à lui picorer les seins du bout des lèvres puis il y enfouit son visage et, les saisissant à pleines mains, les pressa voluptueusement contre ses joues tout en titillant du pouce les petites pointes qu'il sentit bientôt se dresser.

A la fois excitée et intriguée par son manège, Nina demanda :

— Oh, Hank, qu'est-ce que tu fais ?

Le Mercenaire releva la tête et éclata de rire.

— J'essayais d'organiser un rapprochement Est-Ouest mais il y avait un obstacle infranchissable.

— Tu es vraiment fou, gloussa la fille en s'attaquant d'une main fiévreuse à la fermeture de son blouson.

*
**

Trois jours déjà qu'il errait dans Riga. Trois jours qu'il n'avait rien mangé et rien bu. Il n'avait fait que chercher et chercher. Le port, pour commencer. Puis les hôtels. Les lieux publics. Tout. Pas une rue n'avait échappé à ses investigations. Il était épuisé et sentait le délire le gagner.

Hagard, l'œil fixe, il fit une nouvelle fois le tour du port puis, tout à coup, une idée germa dans son esprit à demi halluciné.

Bon Dieu ! Mais pourquoi s'acharnait-il ainsi sur l'agglomération de Riga ? Bien évidemment, ce n'était pas là qu'ils allaient prendre la mer ! Le sud... Bien sûr. Le sud de Riga, avec ses plages de sable.

Titubant, uniquement dynamisé par sa rage de faire payer Nina, Grigori Pradovsk prit à pied la direction des plages du sud. La Volga avait été abandonnée à une dizaine de kilomètres de la ville. Trop compromettante, maintenant que le délai d'Anton avait expiré. Grigori Pradovsk savait qu'un avis de recherche avait été lancé — ou le serait incessamment — à son encontre.

Maintenant, il n'avait plus qu'une raison de vivre, et peut-être de mourir. Se venger de Nina.

Il consulta sa montre. Six heures moins dix. Soixante-douze heures exactement qu'il avait quitté la scierie en y laissant les cadavres de Pradoline et de Feliks.

Enfonçant les mains dans les poches de son manteau crasseux, Pradovsk, méconnaissable, le menton couvert de barbe naissante, sortit un paquet de Grifas. Il s'en coinça une entre les lèvres et l'alluma, aspirant la fumée jusqu'au fin fond de ses alvéoles pulmonaires.

Grigori Pradosvk, trois jours plus tôt, fier et élégant capitaine du KGB, n'était plus qu'une ombre mitée qui marchait comme un somnambule dans les rues de Riga. Il s'était remis à fumer.

La seule chose dont il était encore capable de se nourrir était la fumée âcre des Grifas et sa rancœur féroce à l'égard de Nina Mertzlota et de cet Américain à l'œil couvert d'un bandeau de cuir noir.

*
**

Six heures dix, murmura Frost en mettant le pied dans la barque qu'ils venaient d'acheter à un pêcheur. Tollets et avirons, petit moteur de 5 CV, il ne demandait rien de mieux pour aller rejoindre le *Srpinger*.

— Attends-moi un instant, dit-il à Nina. Je vais planquer les sacs à dos dans les dunes. Ça nous fera ça de moins à trimbaler.

Saisissant les deux sacs par leurs bretelles, il s'élança vers les hautes dunes et les enfouit dans le sable.

*
**

Grigori avançait sur la plage semblable à un zombie. A sa droite, la Baltique dansait, grise, presque kaki sous le ciel plombé. Il se rapprocha des dunes pour éviter les filets étalés sur le sable par les pêcheurs et soudain, il pensa qu'une nouvelle hallucination le frappait.

— Non..., murmura-t-il d'une voix blanche. Non... ce n'est pas elle... Je rêve !

Il continua d'avancer. La silhouette menue dressée dans la barque se retourna et la fille poussa un cri de terreur :

— Hank !

Hank... Dans le cerveau hagard de Grigori Pradovsk, cela ne voulait rien dire, rien qu'une onomatopée idiote. Mais la voix, il l'avait reconnue ! Nina ! Aucun doute possible. Ces cheveux noirs, ce corps délicat, ces seins ronds comme de petits melons.

Rassemblant ses dernières forces, il s'élança au pas de course en dégainant son Tokarev.

— Nina ! cracha-t-il, la bouche écumante. Je te retrouve enfin, salope ! Je n'y croyais plus mais tu vois, il y a une étoile pour les justiciers.

Son index tremblant se crispa pour rattraper le jeu de la détente, au moment où Frost ressortait des dunes. Il fallut moins d'une seconde au Mercenaire pour prendre conscience de ce qui arrivait.

— Descends de cette barque, Nina, ordonna Pradovsk. Viens doucement, tout doucement vers moi. Je vais te tuer, Nina... A cause de toi, je suis un homme brisé. Tu vas payer mais, avant, je veux t'entendre me supplier. Supplie-moi, chienne !

L'œil arrondi par la terreur la fille le fixait, immobile. Frost approcha dans le dos de Pradovsk et comprit qu'il ne pouvait pas intervenir. L'index du Soviétique n'avait qu'un infime mouvement à faire pour que le coup de feu claque. Même s'il abattait cet individu, son dernier réflexe serait de solliciter la détente, et Nina mourrait.

— Approche, Nina. Approche..., répéta sauvagement Grigori Pradovsk.

CHAPITRE XII

C'est alors que Frost se rappela l'acquisition faite dans la cabane après la mort de Feliks. En une fraction de seconde, sa main extirpa le shurikan de sa poche et la petite étoile fila vers la main de Pradovsk. C'était risqué mais c'était la seule issue possible.

Un hurlement affreux déchira la nuit lorsque le poing de Pradovsk éclata sous l'impact du shurikan. Frost bondit. Pas question de tirer le moindre coup de feu sans risquer d'ameuter toutes les polices des environs. Pradovsk gesticulait en hurlant comme un forcené. Terrifiée, Nina céda à un mouvement de panique et se mit à hurler à son tour. Frost s'arrêta une fraction de seconde pour saisir le couteau Gerber sanglé à son mollet puis il reprit sa course. Les bras déployés comme les ailes d'un rapace nocturne, Pradovsk se rua vers lui.

La lame du Gerber pénétra sans effort dans

l'abdomen du Soviétique, qui regarda le Mercenaire avec des yeux dilatés de surprise et de douleur. Puis Pradovsk tomba en arrière.

— Filons ! cria Frost.

Il se précipita vers la barque puis, brusquement, réalisa que ce cadavre éventré sur la plage était le meilleur moyen de signaler leur point de départ.

Empoignant Pradovsk sous les aisselles, il le jeta dans l'embarcation sous le regard horrifié de la fille. Sautant près d'elle sur un banc, il s'empara des avirons et se mit à ramer comme un forcené.

— Ton ami Grigori, je présume ?

Muette, livide dans la demi-obscurité qui couvrait la Baltique, Nina hocha la tête sans un mot.

*
**

La houle se levait et une pluie latente lessivait tout, transperçait tout. Hank avait l'impression qu'il ramait depuis une éternité. Le ventre ouvert de Pradovsk s'emplissait d'eau qui ruisselait au fond de la barque, formant une flaque poisseuse. A l'est, les premières lueurs de l'aube pointaient, blafardes.

— Lance encore le message ! ordonna Frost.

Il est à peine plus de sept heures et le *Springer* doit être à son poste.

Nina manipula le petit émetteur en évitant de regarder le cadavre qui gisait à ses pieds. Les chaussures de Hank glissaient dans le sang mêlé d'eau de mer quand il prenait appui pour faire avancer le bateau.

— Toujours rien, Hank, murmura-t-elle dans un souffle.

— Bon Dieu de bon Dieu ! grogna l'homme au bandeau noir. Tu as bien vérifié l'azimut ?

— Oui, assura Nina.

Elle marqua une courte pause. Frost l'entendit hoqueter puis elle supplia :

— Hank...

— Ouais ?

— On ne pourrait pas s'en débarrasser, maintenant ?

— Tu as raison. Ses viscères commencent à puer et à me donner des haut-le-cœur.

Ruisselant, sa longue mèche collée sur son front, le Mercenaire se leva, agrippa Pradovsk par son manteau et le balança par-dessus bord.

— Les harengs vont être contents. Et le rollmops sera bon cette année.

— Hank, je t'en prie, tu es horrible !

Le Mercenaire se laissa tomber sur le banc sans répondre. Il contempla ses mains écorchées et couvertes d'ampoules.

— Appelle, Nina. Appelle !

— Allô, *Springer* ! M'entendez-vous ?

Pas de réponse. Simplement un crachotement de parasites. Jugeant qu'ils étaient assez loin de la côte, l'homme au bandeau noir rentra les rames. Il serra les dents pour ne pas hurler de douleur et empoigna le câble du démarreur dans une paume à vif.

Le moteur lâcha une courte pétarade puis s'étouffa.

— Merde ! jura le Mercenaire.

— Tais-toi ! lui intima la fille. Je crois que j'entends quelque chose.

Lâchant son câble, Frost bondit la rejoindre, manquant faire verser la barque. Le haut-parleur émettait un son d'une extrême faiblesse.

Frost poussa le volume à fond.

« *Springer,* ici *Springer!* Frost et Mertzlota, répondez ! »

— Greg ! rugit l'homme au bandeau noir, fou de joie. Jamais de ma vie je n'ai été aussi heureux d'entendre ta voix de crécelle !

— Il faut aimer les voyages pour venir aussi loin récupérer des fripouilles de ton espèce ! répliqua la voix hilare de Greg DePaul.

— Grouillez-vous ! On a froid et nos amis les Popov ne vont pas tarder à y voir clair !

J'entends le moteur de leurs garde-côtes qui ne cessent de passer et de repasser dans le secteur !

L'attente dura encore quelques minutes puis un énorme monstre marin, ruisselant et noir, émergea des abysses. Le *Springer*.

— Ouvrez votre boîte à conserve et lancez les échelles ! cria l'homme au bandeau noir. On a hâte d'être à bord pour conclure définitivement le rapprochement Est-Ouest.

Nina poussa un gloussement, Greg DePaul un juron bien senti.

Naturellement, l'homme de la CIA était moins bien placé que Nina pour saisir la saveur de la remarque.

Achevé d'imprimer en décembre 1985
sur les presses de l'Imprimerie Bussière
à Saint-Amand (Cher)

— N° d'édit. 11385. — N° d'imp. 3211. —
Dépôt légal : janvier 1986.

Imprimé en France